VELÓRIOS INUSITADOS

Mário Marinho

VELÓRIOS INUSITADOS

Sá editora

Capa
Mateus Reis

Preparação
Margô Negro

Revisão
Milfolhas Produção Editorial Ltda.

Projeto Gráfico (miolo)
Eveline Albuquerque

Impressão
Bartira Gráfica e Editora Ltda.

Dados Internacionais de Catalogação na Publicação (CIP)
(Câmara Brasileira do Livro, SP, Brasil)

Marinho, Mário
Velórios Inusitados / Mário Marinho. – Barueri : Sá Editora, 2010.

ISBN 978-85-88193-54-3

1. Contos brasileiros I. Título.

10-02156 CDD - 869.93

Índices para catálogo sistemático:
1. Contos : Lieteratura brasileira 869.93

SÁ EDITORA
Tel./Fax: (11) 5051-9085 / 5052-9112
E-mail: atendimento@saeditora.com.br
www.saeditora.com.br

À Vera Sofia Marinho,
Primeira-dama, primeira revisora – sempre primeira.

À Verênia, Cássio, Larissa e Vinicius – filha, filho, neta, neto.

À minha mãe, Celina, e à memória de meu pai, Paulo Marinho.

Aos inesquecíveis: Lester Moreira e Guilherme Duncan de Miranda.

Meus agradecimentos a:
Arlete Scatamburlo, Ary Pereira Júnior,
Guilherme Duncan de Miranda, José Maria de Aquino,
Reinaldo Costa e Sérgio Belisário
pelas boas histórias que me mandaram.

Índice

Prefácio

A GRAÇA DA MORBIDEZ

Morbidez está longe de combinar com graça, com bom humor. Concorda? E também não combina necessariamente com suspense, embora neste caso existam exceções, como, por exemplo, no inesquecível *"O Corpo que cai"*, ou algo assim, filme que vi ainda criança e tinha a assinatura do mestre Alfred Hitchcock, usando a bela Kim Novak, como pivô de uma história mórbida e recheada de mistérios.

E eis que encontro, em saboroso texto, um autor que consegue fazer da morbidez uma fonte de intrigantes histórias, ou de "causos" – como mineiro de boa cepa que é – e dotada esta fonte, de nuances bem-humoradas. Entre os casos deste livro *Velórios inusitados*, destaco em especial um em que o suspense é mantido até o final, qual Hitchcock das Alterosas, e, se comentado fosse num botequim, entre uma cervejinha e outra, a conclusão inevitável seria de que... *"tinha mulher no meio, sô"*.

Bem, do livro não vou falar mais nada para que o leitor o descubra aos poucos, brincando às vezes de Sherlock Holmes, curtindo, em outras histórias contadas com o texto leve e fluente do autor. Entre meus defeitos, creio, não está o de desmancha-prazeres.

O autor, ah, o autor. É gratificante falar dele. Trata-se de Mário Lúcio Marinho, profissional competente, com quem trabalhei por décadas e que sempre considerei, ao longo dos tempos, um dos melhores amigos que já tive na vida. Eu o conheci ainda mocinho, de cabelo e bigode pretos, gabando-se de ser mais alto do que eu, o que era, no mínimo, uma injustiça — ou prenúncios de que histórias ou mórbidas ou engraçadas estariam para acontecer um dia.

Tocamos juntos o esporte do Jornal da Tarde, ele como o editor e eu como chefe de reportagem, vibrando, sempre, com juvenil entusiasmo na conquista do Prêmio Esso de 1986, pela cobertura na Copa do Mundo do México, ou na escolha da comovente foto de Reginaldo Manente (Copa do Mundo de 1982, na Espanha), aquela do garoto contendo o choro, parecendo soluçar depois da derrota da Seleção Brasileira diante da Itália, naqueles malditos três gols de Paolo Rossi. Foi de Mário Marinho, o nosso Mário Lúcio Marinho, a palavra final, a escolha definitiva.

Falar sobre Marinho daria outro livro ou, no mínimo, a suspeição de quem fala muito de um amigo. Pois entre suas múltiplas façanhas está a de ter sido grande presidente da ACEESP (Associação dos Cronistas Esportivos do Estado de São Paulo), fazendo, com amor, tudo a que se dedicou na vida.

Por falar em vida, pode ser até que ela tenha nos distanciado bastante, bem mais do que deveria, por um motivo ou outro, creio sempre que involuntário. Só que não conseguiu esta mesma vida, ou distância, a mórbida façanha de apagar os bons momentos. O orgulho de ter se tentado fazer o melhor. E, tempo passado, não dá para esquecer o bom-caráter do amigo, neste caso o do autor, quando arriscou o seu pescoço – eu estava nessa jogada também – ao defender um repórter que estava para ser demitido por reportagem mal-sucedida. Se houve gratidão? Ora, isso seria pedir demais e que se virem os mais sensíveis, ou humanos, como Mário Lúcio num mundo em que, até por sobrevivência, os belos gestos são esquecidos diante de qualquer ameaça dos mais poderosos. Paciência.

O importante é que Mário Lúcio Marinho, o cabelo e o bigode já grisalhos, distante da altura que pensava ter em 1968 – quando chegou de Minas – ah, o importante é que ele foi em frente, sem perder a ternura e até o sorriso que era constante. E, como exemplo, faz um golaço, gol de placa, ao transformar velório em *"causo"* engraçado. Ou misterioso.

Só me resta, agora, convidar o leitor a entrar de cabeça nestas páginas de *Velórios inusitados*. E sem ter que dizer *"cruz-credo"*, nem precisar bater na madeira três vezes.

Divirta-se.

Roberto Avallone

POR QUE NÃO?

Daí me perguntaram: por que escrever sobre a morte? E eu respondi perguntando: por que não?

A morte é um dos dois mais importantes eventos para um ser humano. O primeiro, claro, é nascer.

Falamos baixo, nos persignamos, nos benzemos, batemos três vezes na madeira, mudamos de assunto quando se fala da inevitável morte. Ela é representada por uma figura horrenda, encapuzada, de feições indefinidas, difusas – uma caveira de contornos indefinidos. Apavorante, horripilante.

Mas desde quando o homem se preocupou com a morte, com os enterros, sepultamentos etc.?

A história registra apenas hipóteses.

Segundo essas hipóteses, no início da civilização os mortos eram simplesmente abandonados e consumidos por animais carniceiros. Os primeiros enterros teriam ocorrido para evitar o mau cheiro dos corpos em decomposição, a visão de animais devorando os defuntos ou até mesmo a presença próxima desses animais selvagens e carniceiros.

São hipóteses.

O professor, jornalista e filólogo Deonisio da Silva levanta a possibilidade de que foram as mulheres as autoras dos primeiros enterros. "Comovidas com a morte dos filhos ou maridos, trataram de manter os corpos perto de casa, às vezes no interior das residências, para cuidar dos familiares também depois de mortos."

É o mesmo professor que explica a origem de mausoléu: "O mausoléu tem esse nome porque Artemisa II, irmã e esposa do rei Mausolo, da Turquia, mandou construir o maior e mais suntuoso túmulo de toda a antiguidade. A construção empregou trinta mil trabalhadores durante dez anos. Tinha quarenta metros de comprimento, trinta de largura e vinte de altura".

As enciclopédias ensinam que a palavra cemitério veio do grego koimetérion, significando dormitório, e chegou até nós através do latim.

Embora sem citar a palavra cemitério, a situação é descrita na Bíblia: "Abraão lamentava e chorava a morte de Sara, sua mulher, e mesmo assim teve de deixá-la para providenciar onde sepultá-la (Gn 23-2-20). Dirigindo-se aos filhos de Hete, pediu-lhes interceder em seu nome junto a Efrom para adquirir o local de sua escolha: Macpela, no extremo de seu campo, insistindo no pagamento do devido preço. Efrom respondeu a Abraão ser de quatrocentos siclos de prata o preço do campo e da caverna nele existente. Abraão pesa-lhe a prata e vê confirmado o seu direito de posse de Macpela, em Hebrom. Ali, então, sepulta Sara. Com o tempo, à Sara veio juntar-se o próprio Abraão".

O sepultamento consiste no ato de colocar o corpo do falecido em uma sepultura. Por isso, é um ato distinto do enterro, onde o cadáver é enterrado numa cova, sob a terra. No caso bíblico, acima, é provável que tenha havido um sepultamento na caverna existente no terreno comprado por Abraão.

Na Europa, os sepultamentos faziam-se dentro das igrejas até o momento da peste negra, no século XIV, que matou entre 50 e 75 milhões de pessoas, segundo os historiadores, acabando com os espaços nas igrejas.

No Brasil também os sepultamentos aconteciam nas igrejas até o ano de 1820, quando foram proibidos e deram origem aos primeiros cemitérios. Até então, somente negros escravos e indigentes eram enterrados.

Estima-se que existam atualmente no país pelo menos seis mil cemitérios. A região metropolitana de São Paulo tem quarenta unidades, das quais 22 são municipais e 18 particulares.

O momento triste da morte pode também trazer alegrias. A começar por um herdeiro que chorará – de felicidade. Os velórios, outrora tão sisudos, hoje já são mais abertos. Naqueles tempos em que o defunto era velado em casa, passava-se a noite em vigília, em rezas, em conversas baixinhas. Mas lá pelas tantas da noite eram servidos cafezinhos quentes e estimulantes, biscoitos fritos e, sorrateiramente, até uma garrafa de cachaça corria de mão em mão – com todo o respeito.

São inúmeras as histórias que envolvem os velórios. Com toda certeza você já ouviu histórias sobre defuntos que levantam em pleno velório; de enganos constrangedores; de defuntos trocados. Aqui você tem algumas delas. Todas verdadeiras – segundo a própria fonte que é capaz de jurar e apontar testemunhos. Como a velhinha morta que fica balançando, a dentadura trocada, a tabuinha da sala...

São histórias de tristes alegrias ou de alegres tristezas. Todas elas, com muito respeito. É bom que não se esqueça nunca de um ditado grego: "De mortuis nil nisi bonum". Ou seja: Dos mortos só se fala bem.

Mário Marinho

1

A VINGANÇA

Passava pouco das nove horas da manhã quando Teco foi chamado ao telefone. Preocupou-se imediatamente. Naquela metade dos anos 1960, na então pacata Belo Horizonte, telefonemas não eram dados assim tão facilmente. Ainda mais no trabalho, naquela metalúrgica de médio porte onde Teco trabalhava. Lá as ordens eram duras: telefonemas para funcionários só se fossem urgentes. E o único aparelho disponível ficava na portaria ao alcance do olhar atento e vigilante do patrão.

Chegou quase correndo à portaria e pulou para o aparelho.

– Alô! – gritou com o coração na mão.

– Bem, é você? É você?

Reconheceu a voz da esposa, entre soluços aflitivos.

– Claro que sou eu, Clarinha. Pelo amor de Deus, o que aconteceu?

– Mô, Você está bem?

– Tô, Clarinha, já disse. O que aconteceu?

– Mô, é que o jornal aqui está falando que você está morto.

– O quê?

– O jornal está dizendo que você morreu. O rádio também falou.

– Clarinha, para de chorar, eu não estou entendendo.

Clarinha, chorosa, apavorada, repetia e implorava.

– Então vem pra casa.

– Clarinha, isso é bobagem. Se eu estou falando com você é porque não estou morto. É um engano, um nome parecido com o meu.

– Num é não. Tá aqui o seu nome Tecondes Mariano da Silva, o meu nome, das crianças. É convite para o seu velório.

Não havia dúvida: aquele maldito nome.

– Fica calma, tô indo pra casa.

Pediu licença ao chefe, correu até o outro lado da rua e comprou o jornal *Estado de Minas*. Não tinha dúvida: lá estava o anúncio fúnebre convidando para o velório dele. Nome da mulher, dos dois filhinhos...

Voltou para o trabalho, abriu o jornal e mostrou o anúncio para o chefe que, distraidamente, comentou:

– Rapaz, nunca pensei que pudessem existir dois Tecondes no mundo.

– Claro que não tem – explodiu Teco. – Sou eu! Tem alguém me sacaneando! Olha aqui o nome da minha mulher, dos meus filhinhos, do meu irmão.

O dedo que apontava cada nome parou em cima do irmão. Tremeu ligeiramente. Uma raiva sem tamanho percorreu seu corpo .

– Foi ele, foi ele... ah! A hora que eu botar a mão nesse filho da puta...

Correu até o vestiário, trocou o macacão, saiu em disparada, deixando seus companheiros de trabalho perplexos – ninguém entendia nada. Na rua, não pensou duas vezes: pegou um táxi. A situação justificava o gasto extra. Ao se aproximar de casa, notou uma pequena multidão no portão. Desceu do carro, deu um bom dia com poucos modos que nem todos responderam. Notou olhares de desconfiança, pessoas abrindo caminho, assim como quem não quer ser tocado, olhares de alto a baixo e risinhos contidos.

Clarinha apareceu no alpendre.

– Teco, graças a Deus! Graças a Deus está tudo bem.

Meio arrastado pela mulher, meio com pressa para deixar aquela gente lá fora, ele subiu os degraus, atravessou o alpendre e entrou na sala.

– Que diabo! O que está acontecendo?

A aliviada Clarinha explicou.

– A primeira pessoa foi a dona Geralda. Ela tem mania de ler esses anúncios de defunto, você sabe. Ela tocou a campainha aqui em casa, fui lá fora e ela perguntou por você. Ele foi trabalhar, respondi. Ela falou assim: não quero te assustar, mas você já viu o jornal? Claro que não. Ela me mostrou. Tava lá, seu nome, meu nome.

– Eu sei Clarinha, já vi o anúncio. E daí?

– Eu fiquei apavorada, comecei a chorar. Fiquei desesperada. Perguntei pra ela: mas não tinha dado tempo, né? Ela ficou me olhando sem responder. Depois piorou tudo. Sabe o que ela falou?

– Não, não sei.

– Ela falou assim: esses jornalistas sabem tudo, né?

– Clarinha, deixa de ser burra! – Teco estava perdendo a paciência. – Se eu saí daqui às sete horas, como é que o jornal poderia colocar um anúncio pra dona Geralda ler às oito horas? Pode isso?

– Não sei, não grita comigo não. Eu nunca trabalhei em jornal. E tem mais. Mal ela acabou de falar, ligou a sua tia de Betim, aquela que vem sempre no seu aniversário. Ela nem conseguia falar direito: tinha ouvido na rádio Guarani. Queria saber o que tinha acontecido. Eu nem sabia o que falar. Aí sua mãe ligou. Coitada! Também não conseguia falar. Foi aí que eu te liguei. Liga lá pra sua mãe, fala com ela.

Teco também começou a entrar em pânico. Puxa, a mãe pode ter um troço! Errou o número e só acertou na terceira tentativa. Atendeu a empregada, que já sabia da morte do filho da patroa.

– Eva, aqui é o Teco.

– Cruz credo!

Foi tudo o que ele ouviu, pois a desesperada Eva jogou longe o aparelho. Falar com defunto! Tudo menos isso! Pior: o telefone ficou preso.

Toca a campainha.

– Dona Clarinha – avisa a tímida e confusa empregada, menina recém-chegada do interior –, tão entregando umas flores aí. O que eu faço?

– Deixa que eu resolvo – levanta o resoluto Teco.

Lá fora, dois funcionários de uma floricultura carregavam uma bela coroa de flores, atenciosos e com a expressão compungida que o momento exigia.

– Onde podemos colocar a coroa? É homenagem para o falecido senhor Tecon...

– Fora! Aqui não tem nenhum falecido – explodiu Teco, sem deixar que os funcionários entrassem e nem ao menos terminassem de pronunciar seu nome.

– Olha moço – tentou se explicar um deles, humilde porém com firmeza. – não sei quem o senhor é, mas o endereço é esse e nós temos que entregar a coroa. Não vamos voltar com ela não...

– Eu sou o Tecondes e olha pra mim que eu não estou nem um pouquinho morto.

O olho arregalado saiu da coroa onde a faixa roxa trazia em letras amarelas, góticas, a mensagem: "Lembranças eternas de seu irmão Teodoro". Teco arrancou a coroa e jogou no meio da rua, espalhando a multidão que aumentara de tamanho. Os boatos fervilhavam no meio do povo:

– Parece que tem um cara aí dentro que morreu mas está vivo...

– Acho que é alguém que eles não querem deixar enterrar...

– Sei não, parece que morreu gente aí...

As versões nasciam e cresciam – mas não morriam.

Depois de muito tempo, Teco conseguiu falar com a mãe. A rádio Guarani foi avisada para não repetir mais o anúncio fúnebre, mas a notícia já havia se espalhado. O telefone não parava de tocar.

– Clarinha, para com esse telefone e arruma alguma coisa para eu comer. Estou morto de fome... – e só então se deu conta do que havia falado. – Até eu, meu Deus!

O dia da família Tecondes foi assim. Telefone, campainha... e ele não podia nem atender. Morto não fala!

Era um tal de chegar gente que Clarinha não teve dúvidas: mandou caprichar nos bules de café, chamou a dona Geralda e pediu que ela fritasse biscoitos. Fez uma mesa farta: queijos, pão de queijo... Parecia mesmo um velório como se fazia naquela época em que o defunto era velado em casa. Orgulhosa, Clarinha cochichou com dona Geralda: só falta mesmo o defunto.

Por volta das catorze horas, toca a campainha novamente. Era um repórter do *Diário da Tarde*. Teco consentiu em falar e contou toda a confusão.

– Mas por que seu irmão faria isso?

– Não posso falar. Mas sei que foi ele.

De posse da história, o repórter foi até o Serviço Funerário da Santa Casa, onde tudo tinha começado. O funcionário se esquivou:

– O problema aconteceu no plantão, não foi comigo não.

– E onde está o plantão?

– Ele chega às quatro e trabalha até a meia-noite.

Pontualmente às quatro lá estava o plantonista. Tomou conhecimento da história, balançou a cabeça e admitiu:

– É, entrei nessa. Mas o cara chorava de soluçar, parecia um artista.

Com um certo sentimento de culpa e de revolta

por ter sido enganado, o plantonista contou a história. Por volta das dez horas da noite anterior, o monótono plantão foi interrompido com a chegada de dois jovens. Um chorava aos prantos – lágrimas de esguicho, como diria o dramaturgo Nelson Rodrigues –; o outro consolava.

– Não adianta Téo, foi Deus que quis assim.

Com os olhos vermelhos, choro convulsivo, o rapaz explicou:

– Meu irmão acaba de morrer. O corpo dele ainda não desceu. Mas eu queria adiantar as coisas: mandar avisar na rádio, colocar no jornal, mandar flores, o caixão.

Cheio de compulsão, Leopoldo, o plantonista, olhou para o relógio: sabia que estava em cima da hora para colocar o anúncio no jornal. Teria que ligar diretamente para a oficina e falar com o secretário gráfico, que, felizmente, ele conhecia de outros anúncios. O secretário gráfico era o funcionário encarregado de fazer possíveis últimas modificações no jornal, já na oficina. Era uma providência que já havia sido tomada outras vezes e sempre garantia uma comissão para ajudar o parco salário de Leopoldo. Experiente, mostrou para os rapazes os tamanhos dos anúncios e os preços.

– Quero no *Estado de Minas*, é o jornal mais importante – informou o infortunado irmão.

– O Teco merece – deu força o amigo.

– É melhor colocar de hora em hora na rádio – sugeriu o plantonista.

– Tá certo, mas na Guarani, que tem mais ouvintes.

– Então vai começar a irradiar às sete horas, tá bom assim?

– Tá, tá.

– E o caixão?

– Pode ser coisa mais simples...

– Téo! Coisa simples não, o seu irmão merece o que tiver de melhor. É a última homenagem pra ele.

– Tem razão, tem razão.

Leopoldo preencheu os formulários, deixou tudo encaminhado para que os funcionários da manhã mandassem o texto para a rádio e o pedido para a floricultura; o texto para o jornal já fora passado por telefone. À meia-noite terminou o seu plantão e ele foi feliz para casa, certo de que fizera uma boa ação: ajudou os jovens e ganhou um troquinho.

Ao cair da tarde, o repórter estava de volta à casa do falecido não morto. Contou tudo o que havia acontecido e, em troca, queria saber o motivo da vingança.

– Eu já sabia que era obra dele. Mas o motivo não dá pra falar.

Insiste daqui, anda dali, toma um cafezinho, um biscoitinho frito, o repórter vai ficando à vontade. Dona Geralda, que sabia de tudo, faz um sinal para o repórter, chamando-o num canto. Mostra-lhe uma foto onde aparecem dois sorridentes rapazes abraçados com duas moças também jovens e bonitas em recatados maiôs. Ele reconhece Teco e Clarinha. Dona Geralda ajuda:

– Os outros dois são Téo e Carminha. Dois irmãos que se casaram com duas irmãs no mesmo dia – vai cochichando com ar de cumplicidade. – Até na lua de mel viajaram os quatro juntos. Um fim de semana na casa de um; um fim de semana na casa do outro. Sempre assim, carne e unha.

Dona Geralda olha para os lados e se certifica de que ninguém está ouvindo.

– De repente, pararam de se falar. Um não vai nem mesmo na casa da mãe, se souber que o outro está lá. Coisa esquisita.

O dedo de dona Geralda para sobre o rosto sorridente de Carminha.

– O motivo é ela. Essa vingança é coisa de cama...

2

A VERDADEIRA AMÉLIA

Amélia nasceu Amélia, viveu Amélia, encarnou Amélia. Possivelmente, nenhuma outra mulher viveu tão intensamente o papel de Amélia quanto essa. Quando o ator, poeta e compositor Mário Lago escreveu os versos de *Ai que saudades da Amélia*, em 1942, marchinha imortalizada pelo cantor Ataulfo Alves, a nossa personagem era apenas uma menina-moça que brincava descalça de roda nas ruas empoeiradas de Ribeirão das Neves, interior de Minas Gerais.

Nem ela nem o ator poderiam imaginar que haveria tanta identificação entre a personagem e a pessoa real.

Para quem não se lembra – o que parece impossível –, eis a letra da canção famosa:

Nunca vi fazer tanta exigência
Nem fazer o que você me faz

Você não sabe o que é consciência
Nem vê que eu sou um pobre rapaz
Você só pensa em luxo e riqueza
Tudo o que você vê, você quer
Ai, meu Deus que saudade da Amélia
Aquilo sim é que era mulher.
Às vezes passava fome ao meu lado
E achava bonito não ter o que comer
Quando me via contrariado
Dizia: "Meu filho, o que se há de fazer!"
Amélia não tinha a menor vaidade
Amélia é que era mulher de verdade.

Mas a Amélia, que se tornaria Amélia Labanca depois de um casamento muito feliz e muitos filhos, tinha outras características além daquelas cantadas nos versos de Mário Lago: chorava com incrível facilidade.

Qualquer caso mais triste, qualquer drama de novela era o suficiente para levá-la às lágrimas. Um velório então...

Certa vez, lá se foi Amélia para o cemitério onde estava sendo velada uma pessoa conhecida. Já desceu do ônibus, que a deixou a alguns quarteirões do cemitério, chorando. Seguiu pelas alamedas do chamado Campo Santo com as lágrimas rolando pela face. Foi assim que ela entrou no primeiro velório que encontrou, sem se preocupar em olhar se as pessoas que estavam ao redor eram conhecidas.

Não eram.

Os parentes do morto olhavam-se com a pergunta que não queria calar: quem é essa?

E a Amélia ali chorando, chorando. Os ombros saltando a cada soluço sentido e incontido.

Até que uma mulher não aguentou mais, levantou-se e, acercando-se de Amélia, com o dedo em riste e voz trovejante, determinou:

– Sai já daqui. Será que você não respeita a dor da família? Fora! Fora!

Tomada de surpresa por tamanha violência, Amélia saiu, encabulada como um cachorrinho escorraçado. Andou perdida por alguns minutos até encontrar amigos, parentes e o velório certo. Depois de algum tempo, contou o ocorrido e ficou todo mundo curioso: por que ela foi expulsa do velório?

Os velórios são longos e é comum que as pessoas que velam um defunto troquem confidências com os vizinhos de outro velório. E foi assim que se ficou sabendo que o tal defunto não era boa bisca, não era flor que se cheirasse. Daí confundiram a pobre Amélia com uma eventual amante.

Nem depois de morto o cara mereceu confiança.

Mas não foi o único caso da Amélia. Certa vez, chegou num velório e notou que o defunto estava sozinho. Chegou perto do caixão e, como acontece nessas ocasiões, desatou a chorar. Daí a pouco começaram a chegar parentes e amigos do defunto. Vendo aquela mulher chorar, não tiveram dúvidas: apresentaram os pêsames, um aperto de mão, um abraço.

E ela ali, sem saber como sair, recebendo os pêsames.

Chorando, claro.

3

A HERANÇA

Olegariano Roberto da Silva levou o maior susto da vida quando, ao requisitar um documento numa repartição pública, foi informado de que estava morto havia onze anos.

Não acreditou. Olhou para si mesmo: ali estava ele. E, claro, vivo.

Do outro lado do balcão, o funcionário foi taxativo e mostrou o atestado de óbito. Documento mais vivo impossível.

– O senhor tem algum documento? – quis saber o solícito funcionário.

Olegariano vasculhou os bolsos. Carteira de identidade não diz que a pessoa está viva; carteira de habilitação também não. Título de eleitor... bem, esse nem pensar, já que são tantos os eleitores fantasmas por esse mundão afora.

O caso aconteceu na progressista Osasco, que, naquele ano de 1996, tinha cerca de setecentos mil habitantes e já há 34 anos havia se separado da capital paulista, tornando-se um município.

A história foi parar na delegacia.

Depois de muitas diligências, encontrou-se Jurema, que seria a viúva do vivíssimo Olegariano. A princípio, ela negou sequer conhecer aquele que teria sido seu marido. Mas a história foi ficando clara.

Bebum contumaz, mulherengo, irresponsável, um dia Olegariano se encantou por um rabo de saia e sumiu no mundo. Jurema deu até graças a Deus. Afinal, era comum Olegariano chegar em casa parecendo um gambá: cheio de cachaça, fedorento e perguntar para ela:

– Quer bafo de pinga ou chulé?

Conforme a resposta, ele se jogava na cama com a cabeça para cima ou para os pés. Livre de tão infernal escolha, Jurema viveu feliz e sozinha durante algum tempo até encontrar Marcelão numa festa de rodeio em Itapevi, pertinho de Osasco. Juntaram-se. Olegariano não chegava nem aos pés de Marcelão: educado, asseado, gentil. Quase perfeito, só não gostava muito de trabalhar.

Um dia, Jurema contou a história do desaparecido Olegariano. Já se iam sete anos. Marcelão matutou, matutou e propôs um plano para Jurema.

– Olha, ele sumiu mesmo, não vai voltar. A gente consegue aí mais umas duas testemunhas e diz que ele morreu. Assim você pode receber a pensão dele. E até os atrasados.

Jurema levou algum tempo para ser convencida. Não muito. Coisa de meses. Ela e mais duas amigas foram ao cartório e declararam a morte de Olegariano. Os papéis correram com incrível rapidez. Foi tudo muito bem durante alguns anos, até que reapareceu Olegariano à procura de um documento qualquer.

Naquela manhã, o doutor Ferretto, delegado do Distrito Policial do Jardim Novo Osasco, estava com uma tremenda dor de cabeça. Na véspera, o seu Palmeiras havia perdido para o Guarani, 1 a 0, complicando a sua situação no Campeonato Paulista. Agora, ele tinha aquela pequena multidão na sua frente: Olegariano, que tinha atestado de óbito, mas estava vivo; Jurema, acusada da morte do marido, mas não podia ser viúva nem assassina de um marido vivo; Marcelão, que era o mentor intelectual de um assassinato que não havia acontecido, e duas testemunhas, que juraram uma morte que não aconteceu.

"Vai ser um dia difícil", pensou Ferretto.

4

A MORTE DO BEBUM

Miracema era (ainda é) uma pequena e pacata cidade no noroeste fluminense. A família Oliveira vivia na rua dos Prontos, íngreme, que levava ao pequeno campo de aviação. O avô dos Oliveiras, Lucas, tinha o vício de beber pinga, mas só quando estava na cidade. Quando ia para o seu cantinho na Vendas das Flores, distrito não muito distante, não colocava uma única gota da "marvada" na boca.

Um dia, lá por 1949, estando em Miracema, cheio de cana, sentiu-se mal, caiu na rua e foi dado como morto. Colocado sobre a mesa, mandaram chamar seu Antônio, dono da pequena funerária, para medir o corpo e fazer o caixão. Naquela época de mortes raras, o caixão era feito sob medida. Algumas horas depois, quando tinha o corpo sendo medido, o velho Lucas voltou do desmaio e, vendo-se deitado sobre a mesa, coberto por um lençol, gritou, querendo saber o que estavam todos fazendo ali.

Foi uma correria e gritaria só. Gente saindo pelas portas, pulando as janelas; gente apavorada gritando que o morto estava vivo.

Mas o pior é que o fato aconteceu em duas oportunidades. E, quando Lucas morreu de verdade, ninguém queria acreditar.

Beliscavam o cadáver...

5

DOIS VELÓRIOS

Ibiporã fica ao norte do estado do Paraná, bem pertinho de Londrina. Município próspero, tranquilo, fechou o ano de 2007 com cerca de 45 mil habitantes. Foi lá, no final daquele ano, que Quirino Alves, de 78 anos, foi atropelado. Levado para o hospital, o robusto senhor resistiu até o meio do dia seguinte, quando faleceu.

Seu velório transcorria normal no cemitério municipal quando apareceram agentes do Instituto Médico Legal com a ordem de recolher o corpo para "exames complementares".

Estabeleceu-se a confusão. Lino Xavier, sobrinho do morto, postou-se à frente do caixão e disse em alto e bom som:

– Ninguém vai levar o tio. Daqui ele só sai para ser enterrado.

De nada adiantou os agentes do IML dizerem que tinham uma ordem judicial. Era necessário fazer novos exames que haviam sido pedidos pelo juiz para produzir provas contra o responsável pelo atropelamento. Para evitar maiores confusões e constrangimentos, os dois agentes foram embora. Meia hora depois, voltaram acompanhados de uma radiopatrulha. Os policiais desceram e avisaram, com cara de poucos amigos:

– Temos ordem para levar o corpo.

Lino quis argumentar, mas a viúva o acalmou:

– Não se pode fazer nada, agora é a polícia.

Todos se afastaram da mesa, o caixão foi fechado e levado para o rabecão. À porta do velório, um velho amigo de Quirino comentou:

– A gente vai morrer e não vai ver tudo: defunto sendo preso é a primeira vez que eu vejo.

6

A MORTE ANUNCIADA

Jésus Alvarenga Ribeiro era um habitante da noite de Belo Horizonte. Figura facilmente encontrável no edifício Arcângelo Maleta, naquele comecinho dos anos 1960, em que os intelectuais mineiros discutiam os destinos do mundo que se tornavam turvos e criativos na medida em que os chopes eram generosamente consumidos.

Ali, no andar térreo, no bar Lua Nova, Pedro Nava, médico e escritor, pontificava e se tornava o maior memorialista da literatura brasileira. Nava foi definido por Carlos Drummond de Andrade como possuidor "de capacidade meio demoníaca, meio angélica de transformar em palavras o mundo feito de acontecimentos".

Também por ali o jornalista Ivan Ângelo traçou os rascunhos de *A festa*, no bar ao lado, o Lucas, onde era possível se encontrar também Rodrigues Crepaldi, sempre em dúvida entre o jornalismo e o direito. Optou pelo segundo.

Do lado externo, havia a combinação irresistível do Pinguim: chope e pastelzinho. No mezanino, ficavam os inferninhos onde liderava, soberano, o Joakim com K.

Pouco abaixo, na rua da Bahia, havia a Gruta Metrópole, o cine Metrópole, quase na esquina com a avenida Afonso Pena em direção ao bairro da Floresta, região imortalizada pela frase do jornalista, compositor, político, poeta e boêmio Rômulo dos Paes: "A vida é esta: subir Bahia e descer Floresta".

Por ali circulava Jésus Ribeiro. Pulava de mesa em mesa, de bar em bar e de assunto em assunto. Falava de política, mulheres, política, poesia, política, futebol, política, cinema... Jésus era meio enigmático. Não se sabia ao certo onde ele trabalhava. Para alguns, era funcionário público; para outros, vivia de expedientes. Tinha a prosa gostosa, solta, bem-humorada.

Certa noite, surpreendeu os seus amigos.

– Vou morrer no dia 13 de março.

Ninguém levou muito a sério. Alguém chegou até a levantar a hipótese de se tratar do título de algum livro que ele estaria escrevendo secretamente. Mas continuou a repetir a data. Os amigos passaram a se preocupar. Era coisa para daí um mês e meio, mais ou menos.

Poucos dias mais tarde, ele marcou a hora:

– Vai ser às quinze horas.

Jésus dava a notícia com naturalidade: nada de tristeza, de cara amarrada – tudo natural.

O primeiro jornal a publicar a notícia da morte anunciada de Jésus Ribeiro foi o *Diário da Tarde*. Na página três, o colunista político Xico Antunes escreveu: "Este X.A. não é de acreditar em almas, nem deste nem do outro mundo. Porém, com triste e irritante insistência, Jésus Ribeiro está anunciando que morrerá no dia 13 de março, às quinze horas. Como um São Tomé dos tempos modernos, este X.A. estará lá para conferir".

A notícia deixou de pertencer à região Bahia-Floresta e passou a circular pela a ainda não agitada Belo Horizonte.

Na casa de Jésus, solteirão convicto, a mãe desconjurou.

– Para com isso, menino. Com a morte não se brinca – dizia ela persignando-se.

– Calma, mãe, pode ficar tranquila.

Com a proximidade da data macabra, Jésus resolveu tomar todas as providências. O primeiro obstáculo foi a compra do caixão. Quando procurou a funerária municipal, a única da cidade, o funcionário foi taxativo:

– Só vendo o caixão se tiver defunto.

Ficou difícil explicar que o defunto seria ele mesmo. Procurou um marceneiro famoso por sua habilidade. Explicou o que queria: um caixão muito bonito, fino, feito com esmero. O homem olhou para ele de lado:

– Olha, o senhor deixa de ser bobo, deixa de besteira. Primeiro o senhor não vai morrer nesse dia; segundo, um caixão da forma que o senhor quer é só mesmo o pessoal que trabalha para a funerária que sabe fazer.

Com muito jeito Jésus chegou até o artesão fabricante dos caixões e comprou um depois de jurar segredo.

– Eu vou morrer, morto não fala.

Chegou o dia 13 de março. A sala da casa ficou pronta: a mesa, o caixão em cima, as velas, as flores. A mãe de Jésus não sabia o que fazer – agora, ela acreditava que o filho ia mesmo morrer. Ajudou-o a vestir o terno, passou a escova no paletó. Abraçou o filho chorando, despediu-se e trancou-se no quarto.

– Eu não quero ver – choramingou.

Por volta das catorze horas as pessoas foram chegando. O carro da TV Itacolomi chamava a atenção. Outros jornalistas já estavam no local. Na rádio Guarani, o programa de auditório *Roteiro das duas*, que ia ao ar das catorze às dezesseis horas, divulgava boletins ao vivo, fazendo concorrência com a rádio Itatiaia, que garantia aos seus ouvintes que seria a única a colocar no ar a última palavra de Jésus.

Um médico fora chamado, não se sabe se para atender o próprio Jésus ou alguém que não se sentisse bem na presença da morte.

Dentro de casa, duas vizinhas ajudavam no preparo dos quitutes. Biscoito de polvilho, biscoito frito, pão de queijo, café com leite e também doce: goiabada e queijo. Jésus era amável com todo mundo, dava entrevistas repetia que a mensagem de sua morte lhe fora enviada por Deus.

Era incansável.

Faltando cinco minutos para as três, Jésus Alvaregan Ribeiro, solene, pediu silêncio.

– Vou para o reino de Deus. De lá, olharei para todos aqui na terra, sem distinção alguma. Pedirei a Deus pelos pobres, pelos ricos, por aqueles que puderam estudar, por aqueles que não puderam. Pedirei por todos que estão me ouvindo. Pelos amigos e familiares.

Afastou com delicadeza os microfones, subiu na cadeira e com ajuda dos amigos deitou-se no caixão. Ajeitou-se, pediu às pessoas que colocassem as flores em volta de seu corpo, cruzou as mãos e fechou os olhos.

Fez-se silêncio total na sala. Todos olhavam para o grande relógio na parede, cujo tic-tac parecia ensurdecedor. Às quinze horas, ouviram-se as três badaladas. Silêncio sepulcral. As duas emissoras de rádio, com seus microfones abertos, transmitiam para seus ouvintes aquele momento de grave silêncio. Alguém perguntou baixinho:

– Será...

– Psiu – recomendou alguém.

Mais um minuto de insuportável silêncio.

E então Jésus levantou-se. As pessoas mais próximas do caixão se assustaram e se afastaram. Sorridente, braços abertos, declarou:

– Já que a morte não me quis, quero dizer a todos vocês que sou candidato a vereador...

A morte não o quis, nem a política – ele não foi eleito.

7

FUNERAL DÁ DEMISSÃO

Um funcionário comunista foi demitido de seu cargo na província de Cantão (sul da China) depois de realizar o funeral do corpo de sua mãe. A cerimônia foi considerada "exagerada e extravagante" pelos responsáveis de disciplina do Partido Comunista da China (PCCh).

O funcionário, Xie Pingfa, ex-diretor do escritório de estradas de Lufeng, realizou o funeral no dia 17 de novembro de 2007. Compareceram cerca de mil pessoas, entre elas oito funcionários e empregados de seu departamento, que se uniram ao memorial e ao cortejo fúnebre.

Depois da cerimônia, Xie convidou todos os presentes para um banquete com mais de cem mesas, uma "extravagância" que causou certa polêmica entre os cidadãos e fez com que a comissão do PCCh na província iniciasse rigorosa investigação.

A comissão disciplinar não revelou o resultado do processo, mas decidiu substituir Xie em seu cargo por considerar que o funeral teria causado "má influência".

A corrupção entre os funcionários chineses é um dos principais motivos de distúrbios sociais entre a população e, por isso, o PCCh iniciou nos últimos anos campanhas contra o problema, como a investigação de banquetes, casamentos e outras celebrações com os quais os corruptos costumam pagar favores.

Segundo o governo, o setor chinês mais corrupto é o da construção, o de infraestrutura e o imobiliário.

8

O MILIONÁRIO ENTERRO DO CÃO

Um chinês, com cerca de 80 anos, gastou algo em torno de dez mil euros (aproximadamente trinta mil reais) no enterro de seu cão, segundo o jornal *Xin Beijing*.

O professor aposentado, identificado apenas como Lin pelo jornal, disse que nutria especial carinho pelo cão que o acompanhou nos últimos três anos, após a morte de sua esposa.

Lin levou seu cão a um cemitério de Chenglu, cidade da província de Schiuan, mas os responsáveis pelos cemitérios se negaram a fazer o enterro. Diante da insistência de Lin e de seu sofrimento, concordaram com o funeral, desde que Lin se responsabilizasse por todas as despesas.

Foram gastos cerca de dez mil euros com as despesas de aluguel do espaço fúnebre, onde o corpo do cão esteve em câmara ardente por dois dias, pagamento aos funcionários, flores, compra do terreno para a cova e o aluguel de uma Limousine de luxo que transportou o corpo do animal.

Segundo o jornal *China Daily*, o cão foi enterrado num local especialmente escolhido pelo professor, onde será plantada uma árvore em memória do melhor amigo.

9

A TABUINHA MILAGROSA

No interior do município de Campos, Rio de Janeiro, ou seja, na zona rural, morreu a mulher de um lavrador. Ela já era de meia-idade. Velório realizado na própria casa deles, casa humilde, mas de tijolo, telha, bem arrumada. Chegou a hora de levar o caixão para o cemitério. Seis parentes pegaram as alças do caixão.

Na porta que dava para a rua havia no chão uma pequena tábua, paralela ao chão, justamente para evitar a entrada de pequenos animais. Um dos parentes que levavam o caixão tropeçou na tábua e fez com que os demais também perdessem o equilíbrio. O caixão caiu no chão, a tampa se abriu e – para surpresa geral e grande susto – a mulher acordou e saiu do caixão. Não tinha morrido, era um caso de catalepsia, o que, como é fácil imaginar, ninguém tinha ideia do que se tratava.

Foi um alvoroço, um pandemônio.

Pois bem: a mulher viveu mais uns vinte anos. Aí morreu "de novo". Velório na mesma sala, a localidade não tinha mudado, o cemitério continuava perto. Os parentes pegaram as alças do caixão e já iam saindo pela porta quando o marido, o velho lavrador, começou a gritar, apavorado:

– Gente, atenção, atenção, olha a tabinha, olha a tabinha! Cuidado, pelo amor de Deus, não vão tropeçar. Por favor, cuidado com a tabinha...

E dessa vez, para alívio do velho lavrador, a mulher não "ressuscitou".

10

O MALCHEIROSO

São Bernardo do Campo é histórica e progressista cidade do estado de São Paulo. A data de sua fundação é motivo de controvérsias: fala-se em 1553, pula-se para os anos 1700, mas sabe-se que na primeira metade dos anos 1900 ela se tornou independente de Santo André.

Foi por essa época, lá por volta de 1950, que se deu o caso a seguir.

Como era costume na ocasião, os velórios eram feitos em casa. Aquele, em especial, causava muita tristeza aos parentes. O defunto era muito jovem e naquela época parecia que o destino obedecia um pouco mais à ordem normal das coisas: morriam os mais velhos primeiro.

A sala estava cheia de chorosos tios, tias (todas vestidas de preto), primos, primas, amigos, vizinhos.

O cafezinho com biscoito – para ajudar a vencer a longa noite que chegava ao fim – estava sendo servido quando chegou o melhor amigo do morto. Era jovem também. Chegou tão sentido quanto bêbado. Chorava e gritava desesperado perguntando o que seria de sua vida sem seu melhor amigo. O escândalo era tanto que até pensaram em expulsá-lo do velório. Porém amigo é amigo. Compreenderam que ele havia enchido a cara de tanto sofrimento pela morte do amigo.

Depois de um bom café amargo, ele se acalmou e se sentou no sofá, onde se quedou em atitude contemplativa. Momentos depois, a cabeça pendeu para o lado e se apoiou no ombro de uma das tias, que, com horror, viu o amigo começar a babar e se aninhar em seus ombros. Com jeito, ela foi chegando para o lado enquanto o corpo do amigo foi escorregando pelo sofá até que ele se ajeitou e dormiu.

Instantes depois, já roncava em alto e bom som. As pessoas se olhavam, desconfortáveis, mas compreendiam. O ronco atrapalhava, mas o pior estava por vir: o rapaz começou a soltar sonoros peidos. Eram altos e fedidos. O fedor chegou a tal ponto que uma prima que entrou na sala logo depois de um deles achou que o primo já estava morto há dias e que o enterro estava atrasado.

A situação piorou tanto que ninguém suportou ficar dentro da sala. E ninguém conseguia acordar o bebum peidorreiro. Conclusão: já que não dava para acordar o bebum, o jeito foi sair todo mundo para o terreiro, onde o ar da manhã corria fresco.

De vez em quando, ao ouvir lá de fora o som que mudava a cada evento – ora era um apito prolongado, outro tipo metralhadora, outro forte como a batida de um tambor –, alguém cochichava: agora o defunto sai também.

11

NOME DIFÍCIL

Nos tempos idos, principalmente nas cidades do interior e nas periferias das grandes cidades, havia uma figura muito comum nos velórios. Tratava-se, geralmente, de um pregador, de um evangélico sempre com sua Bíblia debaixo do braço, sempre solidário, pronto a ajudar e consolar os infelizes parentes e amigos do morto.

Foi o que aconteceu naquele velório na periferia de São Paulo. O pregador apareceu e se ofereceu para fazer algumas orações pela alma, certamente bondosa, daquele que partia. Perguntou o nome do morto. Um dos familiares, com a voz suave e discreta como se espera num velório, informou:

– É Nilton.

O religioso iniciou suas preces.

– Descanse em paz, Énilton, que já deve estar no reino do céu...

– Todos sabemos que Énilton foi um homem digno...

– Énilton com certeza foi um bom marido e um pai zeloso...

Um familiar se aproximou do pastor e fez a correção ao pé do ouvido:

– O nome dele é só Nilton, meu senhor.

O pregador pigarreou e prosseguiu com sua oração:

– Sentiremos saudades de Sónilton, que está sendo recebido por Nosso Senhor...

– Em breve, Nossa Senhora também vai trazer conforto para todos os familiares de Sónilton...

A essa altura, algumas risadinhas discretas já se ouviam. Alguém pensou em dizer para o pastor que o falecido se chamava apenas Nilton, mas imaginou o pregador continuando suas orações:

– Nesse momento, Apenasnilton já está chegando aos céus...

12

JOIA!

Enterrar ou cremar eram as únicas opções disponíveis para o corpo de um morto. Muitas famílias religiosas acreditam que o corpo do ente querido deve ser enterrado, pois a ressurreição virá um dia. Para outros, a melhor solução é o crematório: as cinzas podem ser guardadas em casa ou espalhadas em local de preferência de seu dono.

Mas agora existe uma outra opção. A cidade de Coire, a mais antiga da Suíça, está oferecendo uma incrível solução: transformar corpos humanos em diamante.

Nessa pequena cidade de mais de cinco mil anos de existência, a empresa Algordanza recebe a cada mês entre quarenta e cinquenta urnas funerárias procedentes de todo o mundo, com um único objetivo: transformar o seu conteúdo em diamante.

"Quinhentos gramas de cinzas bastam para fazer um diamante, enquanto o corpo humano deixa, em média, de dois a três quilos depois da cremação", explica Rinaldo Willy, um dos fundadores do laboratório onde as máquinas funcionam 24 horas por dia.

Segundo suas explicações, o método é simples: os restos humanos são submetidos a várias etapas de transformação. Primeiro, viram carbono, depois grafite. Expostos a uma temperatura de 1.700 graus, finalmente se transformam em diamantes artificiais num prazo de quatro a seis semanas. Na natureza, o mesmo processa leva alguns milhares de anos. Ao final do processo, o diamante bruto é polido e talhado na forma desejada pelos familiares para ser usado num anel ou num cordão.

"Cada diamante é único", explica Willy. "A cor varia do azul-escuro até o quase branco. É um reflexo da personalidade do morto", teoriza ele.

O preço da joia varia de três mil a doze mil euros, de acordo com o peso da pedra (de 0,25 a um quilate).

"É um preço que vale a pena, já que um enterro de nível na Europa pode custar até quinze mil euros", garante o empresário. Esse tipo de indústria está em plena expansão na Espanha, Rússia, Ucrânia e Estados Unidos. Livra-se do melindre que podem causar as cinzas do falecido dentro de casa e tem-se uma joia que pode ser levada junto ao corpo pelo ente querido para qualquer lugar.

Há uma outra vantagem que o empresário prefere não comentar: de repente, se a situação financeira apertar...

13

ENTER

Quando o anúncio foi feito na Universidade de Manitoba (Winnipeg, Canadá), naquele mês de dezembro de 2007, os alunos acharam que se tratava de uma piada: um computador receberia as honras funerárias.

Mas o evento realmente aconteceu. Marvin Kocay, professor graduado em informática, fez o discurso de despedida elogiando, como de praxe, o falecido. Todos compareceram à cerimônia vestidos de luto e a marcha fúnebre foi executada.

Fez-se respeitoso silêncio.

Naquele momento, despedia-se do mundo o corpo de um IBM 650, um computador que funcionava na universidade desde 1960.

Não se sabe se a cerimônia terminou em *esc* ou *enter*.

14

JEOVÁ ENTERRA MATUSALÉM

O corpo jazia no Instituto Médico Legal e os familiares estavam à espera no velório municipal. A separá-los, uma vogal.

Era essa a situação naquele 30 de janeiro de 2008, na cidade de Senador Canedo, com cerca de 70 mil habitantes na região central do estado de Goiás.

O caso foi parar na mesa do juiz plantonista Jeová Sardinha. Nos autos recebidos pelo meritíssimo constava que Metusalém de Moura Silva, conforme sua certidão de nascimento e após ter sido reconhecido por familiares, tinha o seu corpo retido no IML, onde dera entrada com o nome de Matusalém de Moura Silva, razão pela qual os funcionários não queriam liberá-lo.

"Matusalém não é Metusalém", afirmou categoricamente o chefe do IML.

Na noite anterior, Metusalém havia falecido vítima de disparos de policiais da Rotam, conforme relato dos autos. O doutor juiz, com a simplicidade que a sapiência lhe deu, despachou:

"Se depender da espera da comprovação de que Matuzalém é o mesmo que Metusalém, o cadáver pode cheirar mal e o odor consternar a família. Assim, abrandando a burocracia, se os trabalhos técnicos já foram realizados, por que não deixar a questão do 'a' pelo 'e' para quem se sentir prejudicado?".

Como manda quem pode e obedece quem tem juízo, o corpo foi liberado e o enterro processado. Ninguém reclamou da troca de vogal. Muito menos o falecido, que, com essa ou com aquela vogal, já havia partido para outro mundo.

15

DEFUNTO AO SOL

Muitos anos antes de São José do Cerrito receber esse nome, o que aconteceu em 1953, Antônio Domingos Leite já morava nesse pequeno povoado da região do município de Lages, Santa Catarina. Era homem de trabalhar de sol a sol.

No começo do ano de 2007, aos 82 anos, mudou-se para Lages. Estava fraco da saúde. Sem parentes, mesmo mais remotos, valeu-se da amizade de Avair Waltrick que o acolheu. Um pouco mais novo, tão simples como o amigo, providenciou assistência médica da forma como foi possível.

Mas Antônio Leite estava mesmo muito fraco e morreu no dia 11 de junho de 2007. Atendendo à sugestão de um vizinho, Avair concordou em fazer o velório na sede da Associação dos Amigos do Bairro São Miguel, onde morava.

"Era o jeito de ele não ficar sozinho", pensou o amigo.

O carro do serviço funerário municipal buscou o corpo do velho Antônio; o diligente amigo o colocou no caixão e lá se foram para a sede da Associação.

Nas duas horas seguintes, quem passou perto da singela sede da Associação deparou-se com uma cena inusitada: bem em frente à porta fechada e trancada, sobre um monte de brita, sob um sol forte, estava um caixão e ao seu lado o solitário Avair. Tempo bastante para que a imprensa fosse chamada e registrasse tão insólita cena.

Como o malfeito não tem pai nem mãe, a explicação para o acontecido virou um verdadeiro jogo de empurra.

A tesoureira da Associação, encarregada da chave, foi a primeira a se explicar:

– Eu até cancelei um evento para dar espaço para o velório. Entreguei a chave a um amigo do seu Avair.

O motorista do carro funerário também tinha sua explicação:

– Eu só deixei o corpo aqui porque o seu Avair falou que o homem da chave estava chegando. É bem verdade que eu tinha outro corpo para entregar, mas podia ter esperado um pouco.

O amigo, o da chave, com seu jeito simples se explicou:

– Ora, e num é que nós num combinemo direito o horário de começar o velório?

Seu Avair, cabeça baixa, apenas lamentava:

– Eu só fiquei pensando no pobre do meu amigo de mais de vinte anos debaixo desse calorão todo...

16

AMÉM

Era uma cidade lá no interior, mas bem interiorzão mesmo, lugar tão distante que se dizia que é lá que paca vira – qualquer que seja o significado disso. Nessa cidade vivia o Compadre da Morte.

Ele era conhecido apenas por Compadre.

Pois o Compadre tinha um medo enorme de morrer. Um dia, resolveu que o único jeito de escapar da maldita seria conversando com ela em pessoa. Marcou o encontro. A morte compareceu vestida a caráter: capa negra, com um capuz que não deixava ver suas feições e aquela assustadora foice. Conversa vai, conversa vem, o Compadre explicou seus motivos.

– Sabe, dona Morte, eu tenho um respeito muito grande pela senhora. É um respeito tão grande que eu gostaria que a senhora fosse madrinha de meu filho que acaba de nascer.

Emocionada, a Morte aceitou o convite. Afinal, ela, uma figura milenar, nunca fora chamada para madrinha de ninguém.

Assim, estabeleceu-se forte amizade entre os dois. Certo dia, a Morte convidou o Compadre para visitar a casa dela. Chegando lá, ele viu um cômodo quase sem fim, cheio de velas acesas. Algumas no começo, outras no meio, outras quase chegando ao fim.

– Comadre, desculpe a curiosidade, mas para que tanta vela?

– É o seguinte: cada vela é uma vida, quando ela se apaga, eu busco alguém.

Um arrepio percorreu o corpo do Compadre.

– Eu posso ver a minha vela?

A Comadre concordou e mostrou: a vela estava com a luz tênue, quase apagando.

– Sou eu mesmo? – perguntou trêmulo.

– É sim, quando a luz apagar, o senhor vai deixar o mundo. Eu vou buscá-lo.

Vendo que sua hora se aproximava, o Compadre tratou logo de fazer um trato com a Comadre:

– Gostaria que a senhora me deixasse rezar um Padre Nosso inteiro. Por favor, não me busque antes disso.

A Morte concordou. Afinal, atenderia o Compadre e o Padre Nosso não levaria muito tempo.

Mas o Compadre, esperto, não acabava nunca o Padre Nosso. Começou naquele dia, interrompeu logo. Passaram-se mais alguns dias, ele retomou, disse duas ou três palavras, e parou. Assim, foram se passando os dias, meses, anos e o compadre vivendo.

Num belo dia, quando ele atravessava a rua da sua cidade, muito distraído, quase foi atropelado por um caminhão, que desviou e bateu no poste, que caiu quase em cima do Compadre. O barulho assustou um guarda, que pensou tratar-se de um assalto, arrancou o revólver e atirou. A bala passou zunindo pela orelha do atônito Compadre, mas acertou o motorista de um ônibus, que jogou o coletivo na vitrine bem atrás do apavorado amigo da Morte. Foram dez minutos de tremenda confusão.

Quando tudo acabou, carros batidos, ônibus atravessado, motorista ferido, guarda apavorado, vidros quebrados e o Compadre ali em pé, ileso.

O guarda se recompôs e virou-se para o Compadre:

– Que Deus conserve essa sorte!

E o compadre feliz respondeu:

– Amém!

Lá embaixo, a morte sorriu. Era a palavra que faltava para acabar o Padre Nosso.

17

ETA PAIXÃO!

O bairro Parque Riachuelo fica muito próximo ao centro de Belo Horizonte, cerca de uns quatro quilômetros. É muito antigo. Apesar disso, progride muito lentamente. Sua topografia muito acidentada dificultou a chegada do calçamento e do asfalto em suas principais ruas.

Foi ali que nasceu e se criou Fernando Perpétuo. Teve uma vida de dedicação ao bairro, ajudando a consertar ruas, a tapar buracos. Apesar disso, não conseguiu se eleger vereador, seu grande sonho.

Durante cinquenta anos ele foi casado com Maria da Penha, que lhe deu seis filhas.

Pouco meses depois da comemoração das bodas de ouro, Maria da Penha morreu. Assim, simplesmente morreu. Não estava doente nem nada, nem se sentiu mal. Apenas dormiu.

Foi um golpe muito duro para Fernando Perpétuo.

Ele passou o tempo todo do velório sentado à beira do caixão de sua amada. Às vezes, aparecia uma das filhas oferecendo um café, um chá, um biscoito, mas ele recusava. Não conversava nem escondia as lágrimas que apareciam.

– Pai, o senhor precisa descansar. Senta um pouco lá no quarto. Vai deitar um pouquinho.

O velório ainda era feito em casa, mas Fernando não aceitava sair de perto do caixão. Nem mesmo para sentar-se num sofá mais macio.

Na hora aprazada, o padre veio para as orações finais. Chegou o momento mais doloroso: o fechamento do caixão. Fernando acompanhou calado.

– Pai, está na hora. Vamos para o cemitério.

– Não vou não. Não quero ver. Vou ficar aqui. Vocês podem ir.

Uma das filhas o acompanhou até o quarto. A mesma cama que ele partilhou durante anos com Maria da Penha. O enterro saiu. Fernando se acomodou na cama e dormiu. Nunca mais acordou.

Morreu.

Quando as filhas voltaram, encontraram o corpo sem vida do pai. Havia em seu semblante um certo ar de felicidade, quase um sorriso, como se estivesse naquele momento reencontrando sua grande paixão.

18

A *PROMOTER*

À primeira vista, parece que a paulistana Maria Aparecida está cuidando de uma festa. Fala ao telefone sobre castiçais de prata, tapetes, flores, esculturas, pianista etc. Mas, na verdade, ela está cuidando de um velório – ela é uma *promoter* de funeral.

A profissão surgiu por acaso, na metade dos anos 1980, quando ela trabalhava como vendedora de jazigos. Uma cliente não sabia que providências tomar após a morte do marido, como avisar parentes e amigos – enfim, o que fazer. Maria Aparecida tomou todas as medidas necessárias. E viu aí um filão.

Criou sua empresa, a Pax Apoio Familiar, e passou a tomar conta de tudo. "Eu sou chamada nessa hora difícil, o cliente me diz o que deseja e o resto é comigo."

Esse resto, pode ser tudo: atestado de óbito, ligação para os parentes, anúncios em jornal, marcar a missa de sétimo dia, música ao vivo tanto no velório quanto no enterro, livro de condolências, recepcionistas e, para os mais exigentes, é possível até um helicóptero para uma delicada chuva de pétalas de rosa no momento do enterro.

Tudo é possível, depende do dinheiro.

19

O MARKETING DO ADEUS

Vender geladeira para esquimós pode não ser mais fácil do que vender sepulturas, jazigos, sepulcros ou que nome se queira dar. Talvez não seja mais fácil, porém com certeza é menos constrangedor

E uma campanha publicitária, como deve ser feita? Qual *o slogan*? Você está vendendo para quem vai ou para quem fica? Procura-se o cliente ou se é procurado pelo cliente?

Quanto a essa última questão, o ponta-grossense Carlos Sysocki, dono da Funerária Paranaense desde 1975, tem a solução: "Um dentista não sai de porta em porta oferecendo seu serviço; quem tem dor de dente vai atrás dele. O mesmo acontece com o meu cliente: ele vem até aqui".

Sysocki não tem vendedores e é contra a propaganda.

Ele gosta de lembrar que é do tempo em que se tirava a medida do morto. "Hoje os caixões são padronizados." Mesmo assim, além daqueles tradicionais de 1,90 m, existem alguns outros com tampas personalizadas: uma pomba da paz, uma reprodução da Bíblia ou o semblante de Cristo.

No final da década de 1980, Sysocki recebeu um pedido inusitado: a família de um ardente torcedor do Paraná Clube queria o caixão do pai com as cores do time: azul, branco e vermelho. "Claro que eu fiz. O último pedido deve ser sempre respeitado. Eu mesmo quero o meu assim, com essas cores. Mas espero que demore."

Mas como esse é um negócio, a publicidade faz parte.

Carlos Alberto Camargo e seu sócio, Nélson Fernandes, também do estado do Paraná, bolaram um *slogan* para a empresa que comandam, a Cemitério Vertical: "Não tenha pressa, mas, quando for, vá de primeira". Cada um dos 25 carros da empresa leva essa frase.

Na busca de novos clientes, ele conta com uma equipe de sessenta profissionais de *telemarketing*, especialmente treinados para essa dura tarefa. "Nós só ligamos para pessoas que são indicadas por outros clientes. Assim a abordagem fica mais fácil."

O Crematorium Metropolitan, de Curitiba, contratou a publicitária Alessandra Nogueira Saltori para bolar uma campanha. "Foi uma experiência difícil", conta ela. "Afinal, eu tinha na mão um produto negativo." Mas ela saiu-se bem e criou o *slogan*: "Tranquilidade para quem fica", vendendo a ideia das facilidades e do menor custo da cremação.

Nos Estados Unidos, segundo reportagem do jornal *The New York Times*, existem 22 mil casas de velório que disputam acirradamente um mercado calculado em treze bilhões de dólares anuais.

Lembrando que o mercado norte-americano comum oferece consultorias para profissionais orientarem suas carreiras e aposentadorias; *personal stylists* para os seus guarda-roupas; tutores para os filhos; *personal trainers* para os seus músculos, enfim, com base em tudo isso, a empresa Everest Funeral Package criou uma espécie de *personal* funerário: por uma taxa mensal, a empresa orienta as famílias sobre planejamento de funerais, escolha de serviços de cerimonial, negociação de preços em cemitérios, locais etc.

Uma família contratou os seus serviços e o velório se deu no 18º buraco do campo de golfe favorito do falecido. O filho explicou: "Se pudesse escolher, meu pai estaria naquele lugar e não numa igreja".

Existe nos Estados Unidos uma Associação Nacional de Diretores de Funerais, cujo presidente, Bob Biggins, não aprecia a competição desenfreada entre as empresas, nem o alarde para situações pouco comuns. Mas ele conta que sua empresa realizou o funeral de um milionário que começou a vida vendendo sorvetes. Obedecendo a um pedido do falecido, na cerimônia foi servido sorvete. E o cortejo fúnebre foi guiado por um velho caminhão de sorvetes.

Em São Paulo, no começo de 2008, um grupo de empresários fundou a Funeral Home, a primeira empresa de luxo nesse ramo no Brasil, num suntuoso casarão de quase oitocentos metros quadrados na rica região da avenida Paulista.

A empresa oferece toda assistência à família, desde a saída do corpo do hospital até a missa de sétimo dia. O casarão foi dividido em quatro salas de velório – Roma, São Paulo, Paris e Nova York –, há uma capela ecumênica, uma grande sala com uma televisão de 42 polegadas e computadores ligados à internet, terraço e *deck*; seguranças e manobristas ficam à disposição, além de um quarteto de cordas executando músicas clássicas. O aluguel da sala mais barata gira em torno dos dois mil dólares. Se a família do falecido quiser fechar a casa com exclusividade, desembolsará algo perto de 25 mil dólares.

Além do bufê com comidinhas finas e salgados, os visitantes, ao saírem, levarão lembrancinhas chamadas de bem-velados, em alusão aos bem-casados.

20

O BOATO

Ninguém sabe quem começou, como começou, onde começou e aonde vai parar. O boato surge do nada. Às vezes, fica circunscrito a uma localidade; outras tem força avassaladora, atravessa cidades, estados e até países.

Em 1958, espalhou-se que a carne de boi estava contaminada e que comprometia a virilidade dos homens. A carne encalhou nos açougues do Brasil. Os homens não a consumiam, nem suas mulheres – por via das dúvidas – permitiam. Açougues, precavidos, colocavam cartazes imensos em suas fachadas: "Só trabalhamos com carne de vaca".

Assim como chegou, sem avisar e sem pedir licença, o boato se foi. Deixou como herança uma marchinha para o Carnaval do ano seguinte, 1959, intitulada *Boi da cara preta*, de Paquito, Romeu Gentile e Jackson do Pandeiro, que fez um tremendo sucesso na gravação do próprio Jackson do Pandeiro com Almira Castilho. Eis a letra:

Olha o boi da cara preta
Olha o boi da cara preta
(Menina)
Olha o boi da cara preta
Olha o boi da cara preta.

Coitado do Valdemar
Tá dando o que falar
Comeu carne de boi e falou fino
E deu pra se rebolar
(Que azar!).

Duas décadas depois, um outro boato, esse macabro, atravessou o país.

No começo dos anos 1970, a TV Globo apresentava a novela *Primeiro amor*, que trazia como protagonista o ator Sérgio Cardoso. Aos 47 anos, ele era um dos maiores e mais querido galãs da televisão.

Nascido em Belém do Pará, em 1925, ainda era estudante de direito quando subiu aos palcos pela primeira vez e interpretou Hamlet, de William Shakespeare. Tinha na parede um diploma de advogado e no sangue a arte pura da interpretação. Foi, na sua época, um dos maiores atores brasileiros, ao lado de Paulo Autran, Cacilda Becker, Fernanda Montenegro.

Em 1949, fundou sua própria companhia teatral, o Teatro dos Doze, com a atriz italiana radicada no

Brasil, Nídia Lícia, com quem se casou no ano seguinte. Dois anos depois nascia sua única filha, Sílvia Luiza.

No dia 18 de agosto de 1972, o Brasil parou com a triste notícia: durante as gravações da romântica *Meu primeiro amor*, Sérgio Cardoso, vítima de um infarto fulminante, havia morrido.

Alguns anos depois, o macabro boato começou a circular por todo o país: Sérgio Cardoso fora enterrado vivo. Segundo o boato, ele sofria de catalepsia e sua morte fora diagnosticada erradamente. Os detalhes macabros vinham à tona: sua família o havia desenterrado e o corpo dele estava debruço, com vários arranhões no rosto, como alguém que se desesperava à procura de ar.

Como acabar com um boato?

A revista *Veja* chegou a dar uma nota sobre o fato, qualificando-o como boato. Mas boato é como fogo de queimada na época da seca: vai ganhando força e se alastrando.

A pedido da família, a TV Globo fez uma reportagem no *Fantástico*, em que foram ouvidos membros da família que desmentiram com firmeza o boato, ao mesmo tempo que garantiam que o corpo do ator nunca havia sido desenterrado.

Assim como o fogo da queimada, o boato foi perdendo a força e se extinguiu.

21

SALVO PELO SINO

Lá pelos tempos idos, a constatação da morte era feita de forma muito precária. A menos, evidentemente, que o infeliz tivesse algum tipo de morte que saltasse aos olhos: facadas, por exemplo; porretadas etc.

Algumas mortes eram constatadas somente pelo visual: está respirando? Não, então está morto. Os médicos, poucos, que existiam passaram a ensinar algumas técnicas: um espelho colocado junto às narinas do candidato a morto poderia elucidar – se a imagem ficasse embaçada, era sinal de que ele ainda estava respirando. Ou uma pequena pluma encostada à narina: se ela se movesse, sinal de vida.

Havia, como há, o medo de ser enterrado vivo. Lá por aquelas épocas, os conceitos de higiene não eram tão apurados como hoje. Pratos, copos e talheres eram limpos assim, assim, meio que para inglês ver.

Os mais abastados tinham seus próprios talheres, muitas vezes feitos de estanho. Os menos afortunados, vez por outra, eram vítimas de intoxicações causadas pela explosiva combinação com restos de comida deteriorada. Criaram-se algumas verdades. O tomate, por exemplo, por ser ácido, durante muito tempo foi considerado venenoso e, portanto, impróprio para consumo.

Nas pequenas cidades da Idade Média era comum funcionários do governo passarem pelas ruas, nas primeiras horas da manhã, recolhendo aqueles que estavam caídos. Alguns mortos, outros bêbados. Eram entregues em suas casas. Aqueles que não mostravam sinais de vida, mas eram oriundos de famílias mais pacientes (ou, talvez, por serem mais queridos), eram colocados em cima de uma mesa ou na cama. Dava-se ao possível morto um tempo razoável: de um dia para o outro ou até dois. Caso o infeliz não se manifestasse de alguma forma, era enterrado.

Na Inglaterra, após alguns anos, os caixões eram abertos, os ossos retirados e colocados em um ossuário e o túmulo usado para outro enterro.

Por vezes, ao abrirem os caixões, constatava-se que havia arranhões na tampa, pelo lado de dentro, e até mesmo que o cadáver se encontrava em posições estranhas. Era a prova terrível de que a pessoa havia sido enterrada viva.

Surgiu então a ideia de, ao se fechar o caixão, amarrar uma tira no pulso do defunto, passá-la por um buraco feito no caixão e amarrá-la a um sino. Após o enterro, alguém ficava de plantão ao lado do túmulo. Caso o indivíduo acordasse, o movimento de seu braço faria o sino tocar.

E ele seria *saved by the bell,* ou salvo pelo sino – expressão que se usa até hoje.

22

CERTEZA DA MORTE

O medo de ser enterrado vivo é quase tão antigo quanto a morte. A esse medo dá-se nome de tafofobia.

Na antiguidade clássica, o coração era considerado o órgão nobre, essencial à vida. Era o primeiro a viver e o último a morrer.

Foi no século XII que o rabino Moses Maimonides pontificou o conceito centralista, colocando o cérebro como órgão nobre entre a vida e a morte.

Até o século XVII, os médicos não participavam habitualmente na determinação da morte: retiravam-se antes desse momento, sendo a confirmação de paragem cardiorrespiratória irreversível feita por familiares.

Nos séculos XVII e XIX, dada a tafofobia crescente alimentada por relatos e contos de ficção aterrorizantes sobre enterrados vivos, surgiu uma profusão de recomendações sobre como confirmar a morte.

Às vezes, eram procedimentos malvados, como a introdução de objetos pontiagudos debaixo das unhas; testes de sensibilidade, como a introdução de mostarda no nariz; beliscões; espelhos colocados entre a boca e o nariz para acusar a respiração; até mesmo mergulhar o corpo numa banheira cheia d'água para ver se surgiam bolhas de ar, como fazem até hoje as borracharias de beira de estrada à procura de um furo nos pneus.

Em 1836, para evitar de vez a morte aparente, foi criada, na Inglaterra, uma lei que obrigava a certificação médica. Dez anos depois, surgiu o estetoscópio como excelente ferramenta desse trabalho.

Por motivos culturais e religiosos, mantém-se hoje o teste do tempo que vai do velório ao prazo legal do enterro, dado como mais eficiente prova da morte.

Mesmo assim, às vezes surgem histórias – verdadeiras ou falsas – sobre pessoas enterradas vivas.

23

CARTÃO DE NATAL DO FALECIDO

Ronald Burton, morador do estado de Oregon, Estados Unidos, viu entre a sua correspondência um cartão de Natal. Nada mais normal: afinal, era dia 21 de dezembro de 2007. Ao abrir o envelope, quase caiu de costas: o remetente era o seu conterrâneo e amigo Chet Fitch que havia morrido no mês de outubro, aos 88 anos!

A mensagem estava manuscrita e não havia a menor dúvida quanto à letra de seu falecido amigo. Eis a mensagem:

"Eu perguntei ao Grande Cara se poderia voltar rapidamente e enviar alguns cartões como sempre fiz todos os anos. Na primeira vez, ele disse não, mas com minha insistência ele finalmente disse: OK, vá em frente, mas não demore. Eu gostaria de falar algumas coisas para você, mas as palavras não são suficientes. Bem, melhor voltar logo antes que o Grande Cara diga que eu abusei. Muito provavelmente eu estarei te vendo – talvez mais cedo do que você pensa. Desejo um feliz Natal. Chet Fitch".

Burton ficou apavorado e só suspirou aliviado quando recebeu um telefonema da cabeleireira Patty Dean, da qual ele e o amigo eram clientes. Patty explicou:

– Há anos nós combinamos essa brincadeira. O Burton preencheu 34 cartões e me deu o dinheiro para enviá-los após a sua morte. Ele manteve os endereços atualizados e até mesmo me deu dinheiro extra quando o preço dos selos subiu. Acho que ele deve estar se divertindo bastante lá em cima.

Em São Paulo, um empresário fez uma brincadeira parecida.

Muito brincalhão, Jack Terpins recebeu pela manhã a notícia de falecimento de um amigo. Antes de se dirigir ao velório, lembrou-se de Chaim, amigo comum com o falecido, que tinha a mania de só atender telefonemas após as nove horas da manhã, depois de tomar seu café. "Então ele ainda não sabe da notícia", pensou acertadamente Jack. Passou a mão no telefone e ligou para o amigo. Como esperava, atendeu a secretária eletrônica. Jack disfarçou a voz, deu o nome do falecido e disse, em tom de urgência: "Entre em contato comigo o mais rápido possível".

Às nove horas, Chaim ligou a secretária para retirar os recados. Ao ouvir aquele apelo de urgência, ligou imediatamente e, ao receber a notícia do falecimento, quase desmaiou. "Mas quando ele morreu?" "Por volta das três horas da madrugada", foi a resposta. "Não é possível, ele deixou recado na minha secretária às oito horas da manhã!!!"

Chaim entrou em pânico e só se acalmou um pouco quando recebeu um telefonema do próprio Jack, explicando a brincadeira.

24

COMEÇO DE NAMORO

O velório é um lugar triste, certo? Certo. As pessoas estão ali para reverenciar o morto e oferecer solidariedade aos familiares. Comumente, é um ambiente soturno, onde as pessoas falam baixo e não riem. Quase sempre sussurram e no máximo sorriem. Portanto, não é um ambiente bom para começar um romance, certo? Errado.

O jornal norte-americano *USA Today* publicou, em 16/09/2004, uma interessante matéria sobre o assunto. Abaixo, trechos:

"Um homem de meia-idade está sentado na capela de um velório, chorando a morte de sua mulher. Chega uma amiga antiga dele e consola o novo viúvo, emprestando um ombro amigo onde ele possa chorar. Com o passar do tempo, os dois se aproximam. Um ano depois, eles se tornaram marido e mulher."

Paul Connell conta essa história como quem conhece muito bem essa e outras parecidas. Connell já pôde observar vários romances, quase como se fosse um casamenteiro de um mundo sombrio. Mas, como diretor e coproprietário da casa funerária A.J. Desmond & Sons, em Royal Oak, no estado de Michigan, Connell é discreto quanto aos princípios de namoro que já observou, não em cerimônias de casamento, mas em capelas funerárias.

"O amor realmente pode acontecer nos enterros", segundo Connell. "Funerais podem se transformar em reuniões sociais para alguns. Pessoas são apresentadas ou reapresentadas o tempo todo e acabam se conhecendo mesmo."

A ideia de ter um romance nesse tipo de situação não é tão incomum assim. No livro *Guerrilla dating tactics: strategies, tips, and secrets for finding romance* (Táticas de guerrilha no namoro: estratégias, dicas e segredos para se encontrar um romance), lançado pela editora americana Plume, a autora Sharyn Wolf estimula os solteiros a encararem os enterros como possíveis fontes para encontrar aquele certo alguém em especial.

Atualmente marido e mulher, Ev e Eugene Williams se encontraram e se apaixonaram em pleno enterro. O casal se conheceu num necrotério em Detroit, onde Eugene trabalhava como porteiro e Ev acompanhava um enterro. Pois ficaram juntos e estão casados há catorze anos.

"Eu não gostava de velórios, mas estava lá para consolar um amigo", diz Ev Williams, 34 anos."Fui até a porta da capela pegar um pouco de ar e aí Eugene se aproximou, começou a falar comigo e ali tudo começou." Nunca se sabe...

Yvette Clark, de 40 anos, foi ao enterro do amigo de um amigo. E foi lá que ela conheceu o irmão do defunto. Embora os dois já não estejam mais juntos, namoraram por quase três anos e tiveram uma filha.

"Ele velava o irmão, mas eu percebia que os olhos dele estavam fixados em mim", diz Yvette sobre seu ex. "Mais tarde ele conseguiu meu número de telefone com um amigo. Quando eu descobri que ele queria meu número, não me surpreendi, porque percebi que ele estava de olho. Não fui ao funeral para conhecer alguém, mas simplesmente aconteceu."

A conselheira para situações de luto Barbara Feleo diz que há semelhanças entre romances que surgem em casamentos e os que acontecem em enterros.

"Há um certo clima de vulnerabilidade e também de nostalgia que encontramos nesses dois tipos de evento", diz Barbara, que também trabalha na casa funerária Desmond & Sons e tem 25 anos de experiência em aconselhamento e coordenação de grupos de apoio.

"As pessoas começam a questionar o sentido da vida nos funerais; nos casamentos todos olham encantados para o noivo e para a noiva, querendo de certa forma reproduzir o que observaram. Nos dois eventos, as emoções são intensas. Para viúvos e viúvas encontrar um novo amor pode ser uma experiência meio confusa. Eles não têm certeza se querem mesmo passar novamente pela dor. Então se o amor aparece, seja em que lugar for, é um grande negócio."

Mas há os puristas em termos de funerais, como

Krikor Seferian, 56 anos, para quem os enterros não deveriam atrair romances.

"A morte é a coisa mais séria que irá lhe acontecer. Se as pessoas vão ao funeral em busca de romance, isso é uma coisa horrorosa. No caso de um encontro acidental, então, boa sorte. Mas, se você vai aos funerais no intuito de paquerar, deveria se envergonhar. Deve-se respeitar os mortos, enterros não podem ser comparados a bares da moda."

ROMANCE EM LUGARES INUSITADOS

Quem acha que os enterros são situações estranhas para encontrar aquele certo alguém especial deveria ler o livro *Guerrilla dating tactics: strategies, tips, and secrets for finding romance*. Aqui estão outros dez lugares inusitados onde se pode encontrar um bom parceiro, segundo a autora:

1. Num incêndio.
2. Quando alguém disca o número de telefone errado.
3. Sim, num cemitério.
4. Andando na chuva.
5. Pedindo informações na rua.
6. Numa loja de presentes, numa livraria ou numa mercearia.
7. Doando sangue.
8. Ao pedir para que alguém troque dinheiro.
9. Em agências de viagem.
10. Andando por aí com uma câmera fotográfica ou com um caderno de desenhos.

25

MORTE E RESSURREIÇÃO

O que você pensa da chance de morrer e ressuscitar logo em seguida? Tipo assim, dar uma rapidinha? Será que é possível dar um pulinho lá do outro lado e voltar? Para os habitantes da cidade de Nakhon Nayok é, sim, possível.

Nakhon Nayok é uma cidade da Tailândia, capital da província de mesmo nome. Tem cerca de 250 mil habitantes e fica a cerca de hora e meia de carro da capital, Bangkok.

É lá que o templo budista Promani está oferecendo a possibilidade de uma "morridinha".

E não custa caro: cerca de seis dólares ou algo perto de quinze reais.

A coisa funciona da seguinte forma: no centro do salão do grande templo, estão colocados nove grandes caixões (nove é o numero da sorte deles), todos cor-de-rosa. As pessoas, geralmente com problemas de saúde, financeiros ou familiares, chegam e se candidatam a "morrer".

Num determinado momento, todas elas são convidadas a se sentar no chão e começa a cerimônia com os monges budistas entoando cânticos e rezas fúnebres. Essa parte leva, mais ou menos, uma hora.

Terminada essa cerimônia, um monge leva as pessoas para ficar ao lado dos nove caixões, sempre em grupo de nove. Cada pessoa entra no caixão, deita-se de costas, recebe um buquê de orquídeas, coloca uma nota de cem bath (moeda local, equivalente a seis dólares) ao lado do travesseiro.

Em seguida, os monges pegam um longo lençol branco e cobrem as pessoas dentro do caixão. Depois, descobrem e voltam a cobrir novamente. Pronto: morreram e ressuscitaram. Essa parte não dura mais do que um minuto e meio. As pessoas se levantam do caixão e são convidadas a fazer uma rápida e silenciosa prece (enquanto fazem sua prece, um outro monge passa e recolhe o dinheiro depositado ao lado do travesseiro).

Após a prece, são convidadas a dar seus lugares aos próximos fregueses.

Segundo os monges, ao sair do caixão a pessoa estará começando uma nova vida.

A reportagem do *New York Times* mostrou que as pessoas que procuram esses templos são humildes e sofredoras. Algumas pedem curas para doenças, ajuda para parentes, emprego etc. Algumas pedem para ganhar na loteria, cujos bilhetes são vendidos no próprio templo.

Há algum cheiro de picaretagem nisso?

26

MORTO É JULGADO E CONDENADO

O caminho natural, nos países onde existe a pena de morte, é julgamento, condenação e morte. Mas no Brasil, precisamente em São Paulo, aconteceu exatamente o contrário: um morto foi julgado e condenado.

Quem protagonizou esse inusitado drama foi Afonso Benedito Severiano Júnior, conhecido como o "maníaco de Higienópolis", bairro quase central e chique da capital paulista, onde ele atuava roubando e esfaqueando as suas vítimas. Uma delas morreu. Por seus crimes, foi condenado a cinco anos e seis meses de prisão.

No mês de abril de 2008, Severiano foi encontrado morto em sua cela, enforcado com o próprio lençol. Segundo a certidão de óbito, ele morreu por asfixia mecânica, tudo levando a crer que tenha se suicidado.

Sem a informação de que o réu havia morrido, os desembargadores do Superior Tribunal de Justiça (STJ) julgaram o pedido de *habeas corpus* impetrado pelo advogado de defesa e recusaram. O recurso deu entrada no STJ, em Brasília, no mês de abril, poucos dias depois Severiano se matava, mas a decisão do SJT só foi conhecida em agosto.

O que, de certa forma, até evitou problemas maiores: se ele conseguisse o *habeas corpus* seria complicado exumá-lo para dar a liberdade, então alcançada, ao seu corpo.

Mas o problema não fica por aí. Existiam, na época, para serem julgados em primeira instância, no fórum da Barra Funda, pelo menos dez outros processos contra o falecido Severiano.

Ou seja: ele ainda pode ser condenado ou até absolvido. De todo jeito, qualquer que seja o resultado, se depender dele, não haverá mais recursos.

27

O MORTO ASSASSINO

A pacata cidade de Tapes fica a cerca de cem quilômetros ao sul de Porto Alegre. Seus quinze mil habitantes se orgulham da avenida principal, a Assis Brasil, que corta a cidade. Assim como se orgulham do nascer do sol que alegra as manhãs da cidade, que é chamada de Namorada da Lagoa.

Mas o assunto que dominou o calçadão da rua Borges de Medeiros na manhã daquele começo de novembro de 2008 não foi nenhuma das belas atrações da cidade, mas sim a inusitada morte de Marciana Silva Marcelas, de 67 anos, vítima do próprio marido.

O que torna a história inusitada é que o marido já estava morto.

O marido, Josi Silveira Marcelas, de 76 anos, era muito saudável e fanfarrão. Naquele domingo, os dois participavam de um animado baile, em Porto Alegre, quando Josi sofreu um infarto fulminante.

Depois de resolver os problemas burocráticos, Marciana alugou uma camionete funerária para levar o corpo até a cidade de Alvorada, onde se daria o enterro. Ao passar perto da cidade de Tapes, a camionete bateu forte contra um Alfa Romeo. Com o impacto, o caixão deslizou em direção ao banco do passageiro e pegou dona Marciana na nuca. Ela morreu na hora.

O corpo de dona Marciana foi levado para o IML de Porto Alegre para os exames legais. O marido, que já havia passado por todo esse processo, aguardou pacientemente a liberação da mulher.

Os dois foram enterrados juntos.

28

TURISMO MACABRO

Durante quatro horas, o ônibus da empresa Graffit Turismo percorre a cidade de São Paulo. Lá dentro, seus ocupantes desfrutam de confortáveis poltronas e de agradável ar condicionado. Quem gosta – e por isso pagou trinta reais pelo passeio – ouve com prazer a trilha sonora *Romance de uma caveira* e curte as cortinas decoradas com véus, teias de aranha e morcegos.

Oficialmente, o passeio chama-se "São Paulo além dos túmulos".

O primeiro ponto de parada do macabro passeio é a casa de dona Yayá.

Trata-se de uma história que nos leva ao começo do século passado.

Consta que Sebastiana de Mello Freire, a dona Yayá, era única herdeira de uma grande fortuna, mas não batia bem da cabeça. Depois de passar mais de um ano internada, os médicos decidiram que ela deveria ser levada para um lugar calmo nos arredores da agitada cidade. O local escolhido era considerado afastado do centro nervoso naquela década de 1920. Hoje, o endereço – rua Major Diogo, 353, no bairro da Bela Vista – faz parte do centro de São Paulo.

Ali, conta-se, dona Yayá viveu toda sua vida trancada. Teria sofrido horrores. Saiu de lá morta, mas ainda volta para assombrar. "Seu espírito não está em paz", garante o guia turístico.

O segundo ponto é o edifício Joelma, no centro, onde em 1974, no maior incêndio que já aconteceu em São Paulo, morreram 188 pessoas. Segundo relatos apavorantes do guia, treze pessoas morreram trancadas dentro de um elevador. São suas almas que assombram os corredores do Joelma.

A próxima parada é o elegante cemitério da Consolação. Suas alamedas são percorridas e os principais túmulos visitados. São vistas algumas obras do escultor Victor Brecheret e pode-se ver também o que é chamado, pelo guia, de maior mausoléu da América Latina; o da família Matarazzo.

A próxima visita é o Beco dos Aflitos, localizado na altura do número 52 da rua dos Estudantes, no bairro da Liberdade. Ali, conta a tradição, ficava uma forca destinada a punir com a morte os escravos fugidos e recapturados. Seus corpos eram jogados num terreno baldio. Um pouco mais adiante havia uma igreja chamada de Nossa Senhora dos Aflitos, onde os escravos faziam suas últimas orações.

As execuções eram assistidas por outros escravos e até mesmo por familiares daquele que seria executado. Era uma forma de punição. Consta que, mesmo durante a execução, muitos escravos, além de verem um amigo ou parente ser enforcado, eram castigados com chibatadas. Em determinadas noites, conta a lenda, é possível ouvir o som do alçapão da forca se abrindo, os gritos, as lamúrias e as chibatadas.

A última atração é o Castelinho da rua Apa, que fica no bairro de Santa Cecília. É uma construção de 1912, que lembra um castelo medieval. Um terrível e trágico mistério o cerca: a morte, por assassinato, de uma mãe e de seus dois filhos, ocorrida em 1937.

Naquela época, moravam lá Maria Cândida Reis e seus filhos Armando e Álvaro. Formavam uma família conceituada, feliz – e milionária. No dia 12 de maio de 1937, os corpos da mãe e dos filhos foram encontrados no interior da casa abatidos a tiros.

Durante dias e dias os jornais estamparam manchetes perguntando: quem matou a família Reis?

Após extensa investigação, a polícia divulgou sua versão. Segundo ela, o filho Álvaro, conhecido boêmio, tinha a ideia de transformar o cine tradicional Brodway, de propriedade da família, em ringue de patinação. Seu irmão, o advogado Armando, era contra. Na noite do dia 11 de maio teria havido forte discussão entre os irmãos. Um deles sacou a arma e matou o outro. A mãe, ao ver a briga, correu para tentar separá-los e também foi atingida mortalmente; o atirador, desesperado, resolveu se matar.

A polícia nunca descobriu quem atirou e quem se matou. A versão oficial nunca convenceu a ninguém.

O certo é que o Castelinho tomou ares de mistério e se transformou numa lenda urbana. Muitas pessoas juram ouvir gritos e até tiros à noite vindos da construção mal-assombrada.

Hoje o Castelinho pertence à União, já que não sobraram herdeiros da trágica família.

29

GALÔÔÔÔ

Ismael nasceu pobre, viveu pobre e morreu pobre.
Ismael nasceu, viveu e morreu alegre.
Ismael nasceu, viveu e morreu sorrindo.
Ismael nasceu, viveu e morreu atleticano.

Seu grito de "Galllôôôô" era ouvido nos botequins do Parque Riachuelo, ali na fronteira com os bairros Bom Jesus, Aparecida e Cachoeirinha, na Belo Horizonte daqueles anos 1960.

Ismael não nasceu bêbado, mas viveu bêbado e morreu bêbado.

Ao cair da tarde, nos dias de semana, quando voltava do trabalho e começava a via-sacra pelos botequins, ouviam-se os primeiros sons do inconfundível grito de guerra e de amor pelo Atlético: Gallllôôôô.

Aos domingos, quando não trabalhava, mal terminava a missa das dez da manhã e já se ouviam seus famosos e apaixonados gritos.

Foi assim a vida toda, vida curta, de Ismael. Nasceu pobre, trabalhou de sol a sol. Trabalho duro como quebra-galho para qualquer obra, servente de pedreiro até atingir o *status* de pedreiro. Casou teve filhos e dividiu com a família o amor pelo Atlético – que levou a maior parte.

Foi num domingo de Atlético e Cruzeiro que a tragédia aconteceu. Já tomado pelo porre, resolveu atravessar a avenida Antônio Carlos, que, às duas da tarde, já começava a ter trânsito intenso em direção ao Mineirão.

Feliz, sorridente, sem ligar para os carros, entrou na avenida. Alguém gritou "Galo!" e Ismael parou para retribuir o grito. Grito que se confundiu com o barulho do carro que o atropelou.

Morreu na hora. Galo foi o último som que saiu de sua boca.

O velório de Ismael foi muito concorrido, enchendo a sua pequena e humilde casa. Ele era conhecido e amado – uma vida inteira sem inimigos. Havia bandeira do Atlético, falou-se muito de futebol e até foi muito lembrado o Clube Atlético Riachuelo, time de várzea do bairro que teve Ismael como torcedor-símbolo durante muito tempo.

Como não poderia deixar de ser, havia também muitos bêbados. Companheiros de botequim, que, compungidos, olhavam para o caixão onde Ismael, de ar sério e tranquilo, tinha os braços cruzados sobre o peito fortemente atados e seguros por um lenço que até fazia marca no pulso.

– O braço dele quebrou, não fica direito – sussurrava alguém à guisa de explicação.

Lá para tantas chegou outro bêbado, tão bêbado como costumava ser Ismael. Irreverente, como todo bêbado, tirou a bandeira do Atlético que cobria o caixão e enrolou no próprio corpo. Balançou para um lado, para o outro, encheu os pulmões e soltou:

– Gallllllllôôôôôôôôô...

O esforço foi muito grande e o bêbado perdeu o equilíbrio, rodopiou, quis se segurar num castiçal onde uma chorosa vela queimava, caiu inteiro sobre o caixão, empurrando-o da mesa e jogando-o ao chão. Com o impacto, o corpo de Ismael foi arremessado para fora do caixão, o lenço que amarrava seus punhos se soltou e um dos braços, o quebrado, esticou-se para cima.

Fez-se aquele silêncio literalmente mortal.

O bêbado viu o corpo do amigo entre flores no chão e o braço esticado. Não teve dúvidas. Encheu novamente os pulmões, esticou seu braço e berrou:

– É isso aí, Ismael, Gallllôôôôôô!!!!

30

OS TRÊS BÊBADOS

Eram inseparáveis. Nenhum deles sabia como ou quando se juntaram, mas fazia tempo que não se largavam. Embriagavam-se juntos, comiam pouco juntos e juntos se deixavam cair em qualquer esquina, debaixo de qualquer marquise e ali passavam a noite.

Amanheciam juntos e partiam para nova jornada, carregando a mesma sujeira, as mesmas maltrapilhas vestimentas, os mesmos arremedos de sapatos, os mesmos corpos sedados pela cachaça.

Eram felizes – juntos.

Não se sabe como, mas um dia amanheceu encontrando apenas dois.

Tratavam-se por compadre – ninguém sabia o nome de ninguém.

– Uai, compadre, cadê o compadre?

– Sei não. Deve tá por aí. Qualquer hora ele aparece.

Mas não apareceu. Passou o dia inteiro e nada de o compadre aparecer. Não esquentaram a cabeça e continuaram vivendo a vida. No segundo dia, se perguntaram novamente:

– E o compadre que não aparece?

No terceiro dia, resolveram procurar. Foram aos botequins de costume, às esquinas, às marquises e nada. Era fim de tarde quando tiveram a informação: lá no Instituto Médico Legal havia um corpo sem identificação encontrado havia três dias.

Um olhou para o outro, o outro para um e nem foi preciso dizer nada. Lá se foram os dois. Com a dificuldade de falar que o álcool impunha, mas com a seriedade que a situação exigia, contaram seu problema.

Foram levados para o reconhecimento. Na sala fria, um corpo coberto por um insensível cobertor branco. Descobriu-se o rosto e lá estava o compadre. Balançaram a cabeça afirmativamente e foram abandonando aquela sala sem vida.

Não havia lágrimas, não sabiam o que dizer. O compadre arriscou.

– É, compadre, cê viu como ele tá com o aspecto tão bom?

– Uai!, tamém pudera: três dia sem beber...

31

EMPRESA-MÃE

Sérgio trabalhava na Cemig, onde era gerente da Divisão de Seguros. E, além de contratar todo o tipo de seguros para as usinas, subestações, frota de veículos, a empresa fazia também seguro de vida dos empregados. Havia todo tipo de empregado – gente pobre, gente rica, estudados ou não –, todos segurados, inclusive os aposentados. O número era grande, beirou os 23 mil.

Quando acontecia alguma coisa, os segurados iam receber na própria Cemig. As seguradoras mandavam os cheques e a Cemig entregava diretamente para os empregados. Era uma forma de evitar intermediários ganhando dinheiros dos segurados.

Sérgio conta que um dia estava lá numa salinha onde ficavam os segurados esperando a vez de serem atendidos, quando chegou um que chamou a atenção.

O homem tinha um saco carregado de mandioca, abóbora, chuchu, laranja, mexerica... um punhado de coisas que ele trouxe lá da roça onde morava. O homem estava cheio de agradecimentos e queria dar tudo de presente para o dono da Cemig. E explicou:

– Óia, eu tô agradeceno porcausdeque a Cemig é uma mãe, é de longe a mió empresa do Brasil. Óia só, quando começô a construir a represa de Salto Grande, eles chamaru a gente pra trabaiá de peão na obra. Eu tinha minhas terrinha, prantava uma coisinha aqui outra ali, mas fui trabaiá como peão. Na minha família, todo mundo ganha uma miséria, uma mirdica de nada. E eu trabaiei, trabaiei muito e aposentei na Cemig. Todo fim de mês eu recebo meu dinheirim. É dinherim do bom. E agora óia só: minha muié morre e eu ainda ganho dinheiro? Diz que ela tinha seguro. Nunca vi coisa igual. Meus fio istudaru, eu tenho inté casinha na cidade e depois de tudo isso a muié morre e eu ainda ganho dinheiro. Coisa boa demais da conta, sô!

32

A VOVÓ E A CORDINHA DE CIPÓ

Lá naquela cidadezinha do interior de Minas nem cemitério direito existia. Um lote nos arrabaldes da cidade foi transformado em cemitério. Segundo alguns mais velhos, foi doação de um fazendeiro rico – se é que existia riqueza no meio de tanta pobreza.

Caixão na cidade, nem pensar! Colocavam-se uns tijolos de adobe em cima da mesa, um pano, o defunto por cima e amarrava-se o corpo com cordinha de cipó para evitar que ele caísse na hora de ser transportado até o cemitério.

Pois foi lá que morreu a avó do Bernardão. Ele se lembra.

– Quando minha vó morreu, a mãe de meu pai, nóis num tinha condições ninhuma. Lá num tinha caixão, então, a gente cortava umas gaiada, da grussura dum caibro de teiado. Amarrava o corpo du difunto com um cipó em treis pedaço desses paus ruliços e punha em treis pia de tijolo de adobe. Ali a gente ficava velando o corpo. E foi assim que aconteceu com minha vó. Só que ela morreu num dia pra enterrá nu outro. Eu sei que a noite foi chegando, nois acendemu as lamparina. Mais no meio da noite minha vó foi inchando, inchando e ficou muito isquisita. De repente, quando a gente tava nu meio de uma reza, meu fio, a veia levantô e foi um correrio só. Teve gente que travessou cerca de arame farpado nu peito, outros dirrubaru porta e num sobrô ninguém. Depois de passá uma horinha o povo foi juntando novamente pra observá o que tinha ocorrido. Meu pai chamou meu tio e e falô:

– Vai lá e vê cumuéque a mãe tá.

O tio era mais novo, tinha que obedecê, né? Ele foi devagarinho, devagarinho e o meu pai foi atrás. Chegô na porta meu tio olhô e gritô: "Ela tá balançanu!".

Foi aquela correria otravez. Té que mais tarde meu pai criô corage e foi lá. Chegô na porta, ficô assuntando, assuntando e gritô: "A mãe parô de mexê!"

O tio e osotro foru cheganu tamém, tudo discunfiado. Primero olharu pela fresta da janela e confirmaru: a veia tinha parado mesmo de mexê, mas tava assim meisentada, meideitada. Coisa mais isquista, sô! Como ela tava parada, meu pai foi cheganu perto, bem perto e aí viu o conticido: a minha vó inchô muito e as cordinha de cipó num guentô e rebentô e minha vó ficô balançanu em cima dos adobe. E o povo pensanu que era fantasma, tadinha dela!

33

A MORTE DO GRINGO

Ramalho foi trabalhar em Nova York. Faz muitos anos. Naquela época, não era tão comum assim fazer esse tipo de viagem. E o Brasil nem era conhecido lá fora. Ele enfrentou muitos problemas de rejeição a estrangeiros; preconceito mesmo.

Com muito custo ele fez amizade com um norte-americano, companheiro de trabalho. Era a única pessoa com quem ele se sentia à vontade, com quem conversava.

Um dado dia, o tal companheiro não apareceu para trabalhar. Ele procurou saber o que havia acontecido e foi informado de que o pai do amigo tinha morrido. Claro, sentiu-se na obrigação de comparecer ao velório. Com certa dificuldade de comunicação, ficou sabendo que o enterro seria num determinado cemitério. Pegou o endereço e foi para lá.

Chegou ao tal cemitério, viu o nome do pai do amigo e entrou na sala. Que estranho, tudo vazio! Não havia ninguém. Só o caixão num lado da sala. "Será que ninguém vai velar o homem?", perguntou para si mesmo.

Era final de tarde e ninguém aparecia. Lá estava o defunto sozinho e ouvia-se uma música de fundo que ele considerou chatinha, chatinha. Foi passando o tempo, ele sozinho, curioso, foi reparando nas coisas na sala, mexe daqui, vira dali, viu um botão. Pensou: deve ser para desligar essa música. E como ela estava muito chata, não teve dúvidas: apertou o botão.

Para seu espanto o caixão começou a mexer e só então ele percebeu que o botão havia acionado uma espécie de esteira que levava o caixão para cremar. Ele ficou desesperado: tentou puxar o caixão, mas o motor era forte e foi levando o caixão. E ele tentava segurar, começou a ser arrastado, machucou a mão e desesperado – não teve outro jeito – largou o caixão, que entrou por uma portinhola na parede e sumiu.

Com o rosto pingando suor, ele olhou para um lado, olhou para o outro e como não havia ninguém tratou de ir embora. Saiu de fininho.

No dia seguinte , chegou ao serviço como quem não sabia de nada, abraçou o amigo, se desculpou por não ter comparecido. E o amigo contou:

– Rapaz, sabe o que aconteceu no velório do meu pai? O motor do crematório disparou sozinho, o corpo do meu pai entrou lá pro forno e foi cremado sem ninguém lá. Não teve oração, não teve discurso. Nunca vi isso.

– É mesmo? Que coisa estranha...

Concordou e nunca mais tocou no assunto.

34

OS TOCO

O velho João Antônio gostava muito de fazer brincadeiras com os outros. Mas eram brincadeiras de mau gosto que deixavam as pessoas sem graça, constrangidas, às vezes até machucadas, mas não tinha jeito: eram assim as brincadeiras dele.

Bem em frente à sua casa tinha uns paus de aroeira grandes e à noite o pessoal acendia ali uma fogueira. O local era chamado de "Os toco". Era comum a pessoa falar assim: "Vou lá nos toco". Já se sabia onde era. Ali a turma ficava até tarde conversando, batendo papo, jogando conversa fora, tomando uma cachacinha.

Era também perto da fábrica de tecido lá da cidade. O pessoal que estava saindo da fábrica parava nos toco; o pessoal que ia entrar naquele turno chegava mais cedo para uma prosinha. Toda noite era isso.

O João Antônio estava lá toda noite, aprontando. Às vezes o pessoal saía da fábrica com fome e ele oferecia uma batata-doce que havia assado ali; outras vezes um pão com um pedaço de carne dentro, que ele dizia ser de caça, mas na verdade era minhocoçu, que ele usava como isca, e ficava morrendo de rir vendo a pessoa comer aquela nojeira toda. Outras vezes era uma carne boa, mas que ele enchia de pimenta; ou uma pinga com gasolina – enfim, esse tipo de brincadeira de gosto duvidoso.

O Pedro Drumond era frequentador assíduo dos toco, mas ele não gostava dessas brincadeiras. Mas o velho João Antônio era de família rica, poderosa na região... essas coisas todas. Com o pobre do Pedro Drumond ele exagerava, chegava a humilhar. E, quanto mais ele achava ruim, mais João Antônio caprichava naquelas sacanagens todas. Pedro Drumond ia aguentando: era pobre, humilde, simplório, paciente.

Mas um belo dia o velho João Antônio morreu.

Pedro Drumond era chegado numa cachaça; bebia muito, mas bebia muito mesmo.

Naquela noite, Pedro Drumond caprichou na cachaça na beira da fogueira dos toco. Até que, embalado pela cachaçeira, tomou coragem, atravessou a rua e entrou na sala onde João Antônio estava sendo velado. Era velório de rico, tinha muita gente; todo mundo falando baixinho – e com certeza esperando os comes e bebes que seriam servidos.

Pois de repente Pedro Drumond entra e para no meio sala. Todo mundo em silêncio olhando para aquela figura cambaleante. Ele encheu os pulmões e esbravejou.

– E agora, sô fio da puta. Levanta daí. Vem fazê maldade cosoutro, seu bosta! Vem no braço socê é homi. Só porque é fio de João Otoni acha que manda na cidade! Vem, seu merda. Cê num valdenada! Quero vê agora: vem no braço, vem seu bosta!

Criou-se aquele mal-estar e logo algumas pessoas conseguiram levar Pedro Drumond para fora. Passados alguns minutos, ele estava de volta:

– Vem, João! Cê ta colocando gente pra separá? Tá com medo? Vem no braço! Quero vê, seu valentão!

Os filhos do falecido ficaram incomodados com aquela situação e ameaçaram partir para cima do bebum. Apareceram os deixa-disso e Pedro Drumond aproveitou:

– Aí, tá chamando os fio? Cê num guenta sozinho não? Cê num valdenada!

O velório de João Antônio foi assunto para noites e noites nos toco.

Pedro Drumond, por via das dúvidas, sumiu. Ficou muito tempo sem aparecer na cidade. Nos toco?, nem falar.

35

A DENTADURA

Dona Gilberta morava numa cidadezinha tão pequena que quase todo mundo era parente. Naquela rua, então, nem se fala. Eram primos, primas, tios, tias... enfim, todo mundo parente.

Um dia, a Alaíde, uma prima, bateu à porta, desesperada:

– Meu Deus do céu, minha mãe morreu, minha mãe morreu.

Foi aquele desespero e toca todo mundo a correr pra casa dela, tentando ajudar de alguma maneira. Depois dos primeiros momentos de aflição, o viúvo começou a colocar ordem na casa.

– Tem que preparar o corpo, dar banho, trocar de roupa...

Mas as filhas dela não tinham coragem de tocar no corpo.

Dona Gilberta, que era pau pra toda obra, apelidada de Maria Pronta, logo se ofereceu:

– Pode deixá queu tomo conta de tudo. Eu preparo tudim, num tenho medenada. Tia Madalena vai ficá rumadinha, rumadinha, cês vão vê.

O velório, como acontecia naqueles tempos, era em casa mesmo. Chegou o caixão, colocaram a tia Madalena toda arrumadinha dentro dele, enfeitaram de flores e a casa foi enchendo de gente. Lá pelas tantas, Alaíde – aquela que foi bater na casa da prima Gilberta – cochichou com a outra irmã:

– Sabe, eu tô achando mamãe muito esquisita. Olha a cara dela: a mamãe não é assim! Olha a cara dela: tá torta! Essa boca tá diferente, até parece que ela tá querendo rir.

A irmã concordou.

– Tá mesmo. Será que ela tomou alguma pancada ou caiu enquanto a Dona Gilberta dava banho nela?

E quanto mais passava o tempo, com o corpo inchando, a boca foi estufando, ficando realmente muito esquisita.

Dona Gilberta também reparou que havia alguma coisa de errado. Chegou perto do caixão, passou a mão no rosto da defunta como se estivesse fazendo um carinho e, rapidamente, meteu-lhe a mão na boca e acabou com o problema: ela tinha colocado a dentadura do lado errado. Arrumou tudo e ficou caladinha. Daí um pouco, a filha reparou:

– Uai, gente, não é que a mãe tá melhorando!

36

O BOI DA MANTA

É tradição na cidade de Pedro Leopoldo, Minas Gerais, o Boi da Manta. Alguns dizem que foi invenção de lá, mas outras cidades também reivindicam a criação dessa festa. O certo é que um mês antes do Carnaval toda quarta e todo sábado sai o Boi da Manta. É uma espécie de banda carnavalesca que tem no boi a sua figura central e que percorre a avenida principal da cidade, de ponta a ponta. Vai e volta. Sempre acompanhado de uma multidão de fantasiados ou não que vão curtindo, sambando. Na sexta-feira, véspera do Carnaval, o Boi sai pela última vez e termina sua festa com a fantasia sendo jogada no rio. É o enterro do boi – embora seja na água.

No seu desfile pela cidade, o Boi tinha uma parada obrigatória: a casa da tia Chiquita. Mulher muito querida, muito popular, ela abria as portas da casa para aquela multidão entrar. Os carnavalescos eram recebidos com quitutes, cafezinho coado na hora e até mesmo uma cachacinha amiga passava de mão em mão ou de copo em copo. Durante anos a cena se repetiu.

Num Carnaval, exatamente no dia da saída do Boi, tia Chiquita morreu. Eram tempos mais modernos e Pedro Leopoldo já possuía a capela-velório, mas Chiquita exigiu, como último desejo, ser velada em casa.

Pois o Boi saiu no seu desfile e quando passou em frente à casa da tia Chiquita – onde seu corpo era velado com muito sentimento e respeito – o líder do Boi, que tinha o apelido de Calango, entrou como fazia todos os anos, como se não houvesse velório. Ao seu comando, a banda cantou a marchinha carnavalesca *Chiquita bacana*.

Para quem não se lembra, eis a letra de *Chiquita bacana*, composição de Braguinha (nascido Carlos Alberto Braga) e Alberto Ribeiro para o Carnaval de 1949 e que faz sucesso até hoje:

Chiquita bacana lá da Martinica
Se veste com uma casaca de banana nanica
Não usa vestido, oi! Não usa calção
Inverno pra ela é pleno verão
Existencialista com toda razão
Só faz o que manda o seu coração, oi!

As filhas de dona Chiquita riam e choravam com tão inusitada situação: Carnaval em pleno velório. Certamente, uma das mais sinceras e comoventes homenagens a um morto.

37

PANELA CHEIA

Em tempos passados, eram comuns os comunicados de morte – e do consequente velório – através do badalar ritmado dos sinos da principal igreja da localidade. Quase sempre a igreja possuía potentes alto-falantes que também eram usados: "Morreu fulano de tal, filho de cicrano, casado com fulana..." e a notícia era comunicada. Em algumas cidades, adotou-se o comunicado através de um carro com alto-falante que percorria as ruas convidando as pessoas para o velório e o enterro.

Em Pedro Leopoldo esse serviço é antigo e seu dono o chamou de Panela Cheia. Seu carrinho de som percorria a cidade tocando sempre a mesma música, apropriada para a ocasião, com o locutor, o Geraldão, o próprio dono, fornecendo as informações com a voz soturna e grave que o momento exigia.

Quando se ouvia aquela música, já se sabia: morreu alguém.

E quem iria anunciar a morte do Geraldão? Ele próprio.

Assim que ouviram a tal música, as pessoas da cidade apuravam o ouvido: quem será que morreu? Na sequência, o conhecido e grave vozeirão do Geraldão anunciando: "Eu, que tantas vezes convidei o povo de Pedro Leopoldo para comparecer aos velórios, agora os convido para o meu próprio velório. Eu morri. Atenção para o horário". Era a voz dele gravada e as informações complementadas pelo filho, que herdou e deu continuidade a tão importante serviço que continua sendo prestado em pleno século XXI.

Nem só de mortes vivia o Panela Cheia. Outros tipos de anúncio eram feitos. Certa vez, Glauder, filho de Zé Diniz, um dos mais poderosos e tradicionais empresários de Pedro Leopoldo, perdeu o seu cachorrinho de estimação. Desesperado, o garoto não viu outra saída: recorreu ao Panela Cheia e, para dar mais seriedade ao assunto, disse que o cachorro era de seu pai.

Honrado por poder servir a tão importante empresário, Geraldão caprichou e saiu espalhando seu som pela cidade: "Au, au, au Zé Diniz procura o seu animal".

38

MARKETING?

Placa de agradecimento aos fregueses da lanchonete do cemitério do Bonfim, de Belo Horizonte: "Obrigado, volte sempre".

39

O EMBALSAMADO

Glacilene era uma menina que se diferenciava das outras de sua idade por pelo menos três quesitos: a beleza, a altura e o gosto por velórios. Ela não se lembra direito como tudo começou, mas sabe que não resistia a um velório. Certa vez morreu uma vizinha e o pai, o empresário Zé Diniz, a proibiu de comparecer ao velório. O pai saiu e a menina, traquina, não perdeu a chance: correu para a casa onde o defunto era velado. Lá chegando, viu as pessoas cumprimentando a viúva e não teve dúvida: foi também cumprimentá-la. Como não sabia direito o que dizer, abraçou a viúva e disse: "Meus parabéns!"

Nos velórios em que havia aquela lista de presença, a pequena Glacilene contava o número de assinaturas: se eram poucas, assinava um punhado de vezes.

"Acho que eu queria dar uma força", recorda.

Um dia correu a notícia em Pedro Leopoldo: estava sendo velado um tal Malói que havia sido embalsamado.

Glacilene ficou feito louca: como seria um defunto embalsamado?

Malói tinha história. Havia nascido em plena viagem do navio que trouxera seus pais da Síria; viveu em Pedro Leopoldo, viajou para os Estados Unidos e, na viagem de volta, sentiu-se mal e morreu em pleno voo. O avião fez uma escala forçada no Panamá para que o corpo fosse retirado. Até que os procedimentos legais fossem cumpridos, houve a necessidade de embalsamar o corpo. Dizia-se, portanto, que Malói havia nascido na água, vivido na terra e morrido no ar.

O embalsamado não saía da cabeça de Glacilene.

– Pai, eu quero ver o homem embalsamado.

– Vai nada, menina! Não vai sair de casa.

Mas a menina era esperta e, quando o pai bobeou, ela escapou e foi para o velório. Olhou o defunto, olhou e tornou olhar sem ver nada de diferente. Não resistiu e passou a mão no rosto do defunto. Sentiu a mão engordurada e manchada de pó. Correu para casa e contou, radiante, a novidade para o pai:

– Pai, o homem num tá embalsamado nada, ele ta é maquiado!

40

VONTADE DE MORTO

A lei foi feita para proteger os homens antes mesmo de seu nascimento e até depois de sua morte. A proibição do aborto garante o nascimento e o testamento respeita a sua vontade até mesmo depois da morte.

Muitos fazem constar em seu testamento as chamadas últimas vontades: como deve ser a cerimônia, local de enterro, cremação etc.

Mas nem sempre isso acontece.

Numa bela manhã morreu lá em Pedro Leopoldo, Minas Gerais, o sô Sérgio Oliveira, homem de posses, bastante conhecido. A viúva, dona Glória, muito sentida, mas também muito prática, começou logo a tomar as providências do momento. Notícia ruim corre logo e daí a pouco chega na casa dela o sô Osvaldo, um funcionário da Cooperativa de Leite, que ficava em frente à casa dos avós e era muito amigo da família, principalmente do falecido Serjão.

Osvaldo, muito respeitoso, chapéu na mão, olhos no chão cumprimentou a viúva e disse:

– Olha, dona Glória, eu vim aqui só pra dá um recado, inhantes da senhora tomá qualquer decisão: sô Sérgio me disse que gostaria ser enterrado no pé de uma gameleira lá na Fazenda do Riacho. Sinhora sabe, né, é vontade de morto.

– Vou ser bem clara com você, Osvaldo, morto não tem vontade, ele vai ser enterrado aqui na cidade mesmo!

E fim de conversa.

41

TRAZ O ROGÉRIO!

Lá pelo interior de Minas era costume homenagear o morto com um busto. O busto era feito de madeira e tinha, não se sabe por que, o apelido de Tomás.

Dizia-se que nos primeiros meses ou até mesmo nos primeiros anos de muita saudade, o busto do Tomás ocupava lugar de destaque na sala: em cima de uma mesa ou de uma cristaleira daquelas bem bonitas. Com o passar do tempo, a saudade diminuía e também a importância do busto do Tomás, que ia para uma prateleira, depois para um canto da sala e acabava como peso para segurar a porta. E quando faltava lenha no fogão, alguém ordenava:

– Racha o Tomás!

E o busto virava lenha de fogão.

Mas no caso de Ângela, também mineira, o caso foi diferente. Seu marido, Rogério, morreu novo, uns

50 anos, vítima de câncer. Ângela caprichou no "santinho" de recordação, na verdade um *folder*, quase uma peça publicitária, que traz uma imponente foto de Rogério, sem camisa, braços cruzados, ressaltando os músculos.

Rogério foi cremado e suas cinzas acompanham Ângela quase o tempo todo. Alegre, festeira e comunicativa, ela não dispensa um convite para uma reunião ou festa, mas vai logo avisando:

– O Rogério vai também.

E lá vai ela com a pequena e preciosa urna onde estão as cinzas do amado Rogério. E sempre que acontece um almoço de família, reunião em casa, churrasco, ela logo grita:

– Traz o Rogério!

42

INCONSOLÁVEL

A história se passa em Campo Grande, no estado do Mato Grosso, que ainda não havia sido dividido. A rádio Cultura tinha um repórter policial chamado Wilmore de Figueiredo Moura Brasil. O Wilmore era gente muito fina, mas não podia beber: a bebida atrapalhava a cabeça dele.

Bem de frente à rádio havia um bar de um gaúcho, chamado Renato, que fazia um belo churrasco. Todo sábado, após o programa, a equipe esportiva se reunia no bar do Renato Gaúcho. Numa tarde dessas, estavam lá o Reinaldo Costa, o Ramão Azchucarro, que era diretor da rádio, o Rui Pimentel, o Zé Roberto Brito, enfim, quase todo o pessoal do esporte, quando o Ramão chamou Reinaldo num canto.

– Rei, vem cá, preciso te contar uma coisa: o Zé Carlos mecânico morreu.

O Zé Carlos era muito amigo da turma toda. Além da oficina, do bom serviço que prestava a todos, ele tinha um sitiozinho onde a turma costumava fazer seus churrasquinhos nos dias de folga. Era um cara excepcional.

– Olha, Reinaldo, tô falando pra você, mas é melhor o Moura Brasil não saber de nada, pois ele já tomou umas duas ou três caipirinhas e se souber da notícia não vai dar coisa que preste.

Mas o Moura Brasil não era bobo. Ele ouviu o buchicho e percebeu que tinha alguma coisa diferente no ar.

– O que está acontecendo que vocês não querem me contar?

E passou a cobrar, a cobrar, a insistir até que alguém não resistiu e contou:

– É o seguinte: o Zé Carlos morreu. O velório é lá na casa dele.

O enterro seria às cinco horas e a turma resolveu sair do bar ali pelas três horas. Era tempo suficiente pra ficar um pouco com os familiares, apresentar os pêsames, essas coisas todas. Quando chegaram lá, depararam com uma cena patética: o Moura Brasil estava agarrado com o defunto e gritava, desesperado:

– Não Zé Carlos, você não morreu, não! É mentira, levanta daí. Vocês estão brincando comigo. Isso não está acontecendo.

E a mãe do defunto consolando o Moura Brasil:

– Fique calmo, isso acontece mesmo, não se desespere. É a vontade de Deus.

Mas o Moura Brasil não se consolava. Era cachaça demais. E o cara gritava, chorava, gemia e não soltava o defunto. E o pessoal temia que o caixão caísse a qualquer momento.

A mãe, certamente a que mais sofria com a morte do filho, ficava consolando o bebum, com toda a paciência. Cena patética!

43

O RONCO DO BEBUM

O radialista Reinaldo Costa é um dos grandes narradores de futebol do estado de São Paulo. Já percorreu o mundo com sua narração precisa, sua voz bonita e vocabulário farto. Além de narrador, é também um grande cantor.

Certa vez Reinaldo estava trabalhando num jogo em Campinas, numa tarde de sábado, quando recebeu a notícia da morte do pai de Loureiro Júnior. Ex-professor de português, Carlos Loureiro Júnior foi um comentarista esportivo sempre muito respeitado por sua competência e por seu fácil relacionamento com os amigos.

Assim que terminou o jogo, Reinaldo Costa chamou outros amigos e formou um grupo para ir até Jacareí onde o corpo estava sendo velado. O enterro estava marcado para a manhã de domingo. De Campinas a Jacareí faz-se uma agradável e não demorada viagem pela moderna rodovia Pedro II.

Chegaram em Jacareí por volta das onze da noite. Algumas horas depois, as pessoas foram se retirando, inclusive o grupo que havia chegado de Campinas. Reinaldo ficou. Fazia muito frio, muito mesmo. Ficaram poucas pessoas para passar a noite: Loureiro, as irmãs e o Reinaldo.

A sala do velório, fechada e com as velas acesas, estava aquecida e era um refúgio agradável contra o frio lá de fora. Lá pelas tantas da madrugada, chegou um bêbado. Em mangas de camisa, o bebum tremia como vara verde. Não tomou conhecimento de ninguém, nem mesmo do defunto. Olhou para um lado, para o outro e se acomodou junto à cabeceira do caixão. Ali, longe da porta e perto das velas, estava ainda mais quentinho.

Sem a menor cerimônia, o bebum se acomodou e dormiu no minuto seguinte. O silêncio do velório foi quebrado logo, logo com o ronco do bebum. Roncava, roncava, dava uma estremecida, mastigava e voltava a se acomodar. E tome ronco.

Uma das irmãs de Loureiro ficou indignada.

– Carlos, bote esse homem pra fora.

Mas Loureiro, bom coração, pensou no frio lá de fora e contemporizou:

– Deixa ele aí.

Foram se passando as horas, o dia amanheceu e começaram a chegar amigos e conhecidos, já que o enterro estava marcado para as oito horas. Pouco antes, chegou um padre que procurou Loureiro e explicou que não era o capelão do velório, mas gostaria de fazer uma oração, pois conhecia e gostava muito do falecido.

Começou a rezar e todos acompanhando num coro bastante forte para aquela sala pequena. O bebum deu sinais de que iria acordar. Mexeu para um lado, para o outro. De repente, levantou-se, deu uma bela de uma espreguiçada, bocejou e soltou a toda altura:

– Puta que pariu! Que cachaçada!

Foi um constrangimento geral, um silêncio mortal. Enquanto algumas pessoas saíam da sala contendo o riso, o bebum levantou-se deu mais uma bela espreguiçada e saiu com a mesma tranquilidade com que havia entrado.

44

ENTERRO EM CRUZEIRO

Cruzeiro é uma cidade com cerca de 75 mil habitantes que fica a 230 quilômetros de São Paulo, pela via Dutra. Foi lá que Reinaldo, Dinho, Nando, Beto e Joãozinho fundaram a banda Fruto da Terra. A banda ficou importante e muito requisitada para festas. Certa vez, os jovens músicos foram contratados para animar uma festa na cidade de Santo André. A distância era grande, mas valia a pena. A banda já tinha o próprio ônibus, o que facilitava e muito as viagens.

No meio da noite, chega a notícia de que Carlinhos, amigo de infância de todos eles, havia morrido. O enterro seria na manhã seguinte. Foi uma tristeza geral. No intervalo da apresentação, não contiveram as lágrimas e o pranto convulsivo. Beto, o líder da turma, chamou todos na responsabilidade:

– Nós não podemos passar nossa tristeza para a festa. Eles não têm nada a ver com isso. Vamos voltar lá e tocar até o final como se não tivesse acontecido nada. Depois a gente pega a estrada e ainda chega a tempo do enterro.

Assim foi. O dia já amanhecia quando a festa acabou.

Pé na estrada, mas nada de muita velocidade, porque o ônibus não era muito novo.

Uma das entradas de Cruzeiro é por uma avenida larga, comprida, que também vai dar no cemitério. Foi por ali que entrou o ônibus da banda. De repente, viram que vinha um enterro na direção contrária.

– Xi, nós chegamos muito atrasados, lamentou Joãozinho, que estava no volante.

– E agora? Dá um jeito aí – implorou Nando.

– Pode deixar, vou entrar na primeira rua e logo a gente estaciona. Dá pra pegar o enterro ainda no meio.

E foi assim. Estacionaram o ônibus a uns três quarteirões e saíram quase correndo. Misturaram-se no meio do povo e conseguiram chegar lá na frente, onde o caixão era carregado.

Dinho viu um conhecido: o Barranco, negão amigo de muitas farras com ele, com o Carlinhos e com a banda toda.

– Aí, Barranco, que coisa mais triste, hein?

– É, pra você ver – respondeu o inconsolável Barranco, olhos vermelhos de tanto chorar.

Dinho até se emocionou e continuou com aquela conversa de velório.

– É, meu amigo, a morte chega assim, sem mais nem menos.

– É duro – choramingou Barranco.

– Olha, Barranco, quanto tempo a gente passou junto, né?

Barranco balançou a cabeça concordando.

– Não faz nem uma semana a gente tava junto. E agora, isso aí.

Barranco só balançava a cabeça.

– Quanta cachaçada juntos, você nem imagina!

Barranco arregalou os olhos. Dinho nem reparou e continuou.

– E quanta putaria, muita putaria, meu amigo.

Barranco deu um sopapo no pé do ouvido do Dinho, que cambaleou e quase jogou uma senhora no chão. Houve aquele espanto geral. Dinho ainda se equilibrando viu o amigo partindo pra cima dele.

– Porra, Barranco, calma! Que é isso?

– Vê como fala, cara! Respeita a minha mãe. Ela tá morta lá no caixão e você vem com essa conversa esquisita!

Dinho e a banda Fruto da Terra estavam no enterro errado.

45

A AMANTE DO SÔ MENDES

Há uns 25 anos, havia um diretor de Divisão da Cemig chamado senhor Mendes, um homem sério, quadrado, todo metódico; chegava pontualmente às oito horas da manhã e saia às seis da tarde. Era um homem baixinho, de 1,60 metro de altura, de muito trabalho e pouca conversa.

Funcionário antigo, um dia o sô Mendes – que se chamava Antônio Ribeiro Mendes – se aposentou. Todo mundo sempre se lembrava dele, de seu jeito educado no tratar com as pessoas, mesmo um tanto frio, distante.

Um determinado dia, o Damasceno, que havia trabalhado com ele e que também era um homem metódico, desses que têm a mesa sempre arrumadinha, e era o primeiro a chegar ao escritório, mandou um *e-mail* para todo mundo avisando: "Escutei pela rádio

Itatiaia: morreu o senhor Antônio Ribeiro Mendes, velório no Cemitério da Colina, enterro às quatro horas da tarde. Estou indo para lá".

Mas o Damasceno era também diretor da escola de Samba Canto da Alvorada. E, em vez de ir para o velório, ele foi tratar de assuntos de Carnaval.

No escritório todos lamentavam a morte do seu Mendes. Havia tristeza e aquela conversa de sempre: "Coitado. Foi sempre um grande homem. Fazia pouco tempo que se aposentou, não aproveitou nada..." E por aí vai.

Por volta das onze horas, os amigos decidiram dividir-se em dois grupos para ir ao velório e não comprometer o trabalho.

Quando chegaram lá, viram a placa na sala de velório: "Antônio Ribeiro Mendes". Entraram e depararam com uma cena que os deixou chocados. Guardaram o devido respeito, mas, na saída, comentaram, baixinho: "Coisa esquisita. O seu Mendes deve ter tido uma doença muito grave – ele está muito moreno, quase preto, diferente".

Do lado de fora da sala do velório, encontraram a Dorinha, também da Cemig, que havia se aposentado uns cinco anos antes. A Dorinha, coitada, era muito feia, mas bota feia nisso. Ninguém sabe como ela conseguiu se casar. De todo jeito, os amigos ficaram felizes por encontrá-la: "Alguém avisou outros companheiros", pensaram.

– E aí, Dorinha, o que está acontecendo?

– É a vida, né? Demorei a me casar e agora o meu marido morre, coitado.

Um olhou para o outro e o pensamento de todos foi um só: a Dorinha com o sô Mendes? Ninguém queria acreditar. Aquele homem metódico, calado e a Dorinha, aquela quantidade de feiura... não, não dava para acreditar.

Voltaram para a Cemig sem acreditar no que tinham visto.

Ao chegarem, logo espalharam a novidade para todos.

– Gente, vocês não vão acreditar. O sô Mendes, aquele santo, e a Dorinha eram amantes.

Mas ninguém acreditava mesmo.

– Mas, gente, eles só podiam ser amantes quando trabalhavam aqui. Afinal, se aposentaram faz pouco tempo e se casaram. Isso é sinal de que já tinha coisa antes.

E mais detalhes:

– O sô Mendes morreu com uma doença muito grave: ele ficou escuro, quase não dá para reconhecer. Mas a Dorinha...

Outro companheiro que havia sido *boy* na época do sô Mendes não se conteve.

– O sô Mendes com a Dorinha, aquela desgraçada de feia? Coitado do sô Mendes!

E o assunto passou a ser não a morte do seu Mendes, mas o possível caso dele com a Dorinha. Não pode ser, dizia um. O sô Mendes, com aquela cara séria? Não, não pode ser!, duvidava outro.

De repente, chega o Damasceno e vê aquele grupinho de gente e vai logo soltando a novidade, quase aos gritos.

– Gente, o sô Mendes não morreu. Aquele Mendes é outro, não tem nada a ver...

Na verdade, o defunto era mesmo o marido da Dorinha, um homônimo do sô Mendes da Cemig. Mas, na imaginação de todos, eles já eram amantes há muito tempo e só se casaram depois da aposentadoria.

De todo jeito, a Dorinha ficou muito feliz com a presença dos amigos no velório do marido.

E todos ficaram felizes, pois o sô Mendes não havia morrido nem casado com a Dorinha, aquela quantidade de feiura.

46

OS PRECAVIDOS

Geralmente, precavido é aquele que passa boa parte da vida economizando algum dinheirinho para ter uma velhice confortável. Dificilmente alguém pensa na própria morte. Se bem que hoje, com *marketing* ousadamente discreto, os cemitérios particulares conseguem vender jazigos para pessoas vivas.

Mas em Portugal, no povoado de Carsão, segundo uma notícia do *Jornal da Tarde*, de São Paulo, publicada em 2003, o ancião José Augusto Alves, 86 anos na época, tinha sob sua cama, há dezesseis anos, um caixão no qual pretendia ser enterrado.

"Eu tive um aviso de que a morte estava próxima. Comprei meu caixão, mas acho que foi engano. Fiquei com ele."

Outro precavido, também segundo matéria publicada pelo mesmo *JT*, em 2003, foi o paulista Miguel

Couto, 77 anos na época, que comprou seu jazigo no Cemitério da Saudade de Sumaré quando tinha apenas 35 anos.

Durante 42 anos, cuidou do próprio túmulo, mas não fazia questão nenhuma de utilizá-lo.

"Estou me preparando para o meu segundo casamento. O túmulo vai esperar por muito tempo."

Já o italiano Giovanni Greco, além de precavido, foi muito azarado, segundo notícia divulgada pela agência Reuters.

Greco, 63 anos, estava construindo seu próprio túmulo. Para assegurar que as obras corriam do jeito que ele havia planejado, comparecia quase todos os dias.

Numa bela tarde, Greco subiu numa escada para ter melhor visão da obra, desequilibrou-se, caiu, bateu com a cabeça numa escada de mármore e caiu morto dentro de seu próprio túmulo – que ainda não estava pronto.

47

AMOR ESTRANHO AMOR

Jeff Green, 32 anos, é um americano que conserva o cadáver de sua esposa dentro de um caixão de vidro na sua sala. Ele explica por que:

"Não pude suportar a dor da morte de minha mulher, então a trouxe de volta para casa."

A mulher de Jeff, Lucy, tinha um grave problema no coração que causou sua prematura morte aos 29 anos.

As últimas palavras de Lucy, dizendo que iriam se reencontrar no céu, não foram suficientes para aplacar a tristeza do seu apaixonado marido. No funeral, num ato desesperado, Jeff decidiu que não deixaria Lucy ir.

"Chamei o responsável pelo cemitério e contei como me sentia. Entrei com um pedido e consegui uma permissão especial para mantê-la em casa. Parece um pouco estranho, mas prefiro tê-la comigo a enterrá-la sob sete palmos de terra. Lucy tinha um ótimo senso de humor, tenho certeza de que ela iria adorar ser a minha mesa da sala."

Jeff encomendou um caixão especial que impede a decomposição do corpo, todo em vidro.

" Custou-me mais de seis mil dólares, mas eu pagaria o dobro para tê-la de volta em casa. Algumas pessoas deixaram de frequentar a minha casa porque têm medo de Lucy, mas os meus verdadeiros amigos respeitaram a minha decisão e já se acostumaram a vê-la aqui. Além disso, é uma bela peça de decoração", completa.

48

ANIMADOR DE VELÓRIOS

Até parece piada, mas o humorista Rogério Castilho, de 36 anos, é animador de velórios. E, acredite, é pago para isso. Contratado geralmente por amigos do morto, seu trabalho é fazer com que os convidados de um enterro não fiquem entediados e se distraiam.

Tudo começou por brincadeira, há poucos anos. Como a concorrência entre os humoristas era grande, ele divulgou um anúncio dizendo que animava até velórios. Mas não era bem verdade, queria apenas chamar a atenção. Não fazia a menor ideia de como iria executar o serviço, até porque não acreditava que alguém iria contratá-lo. Mas ele estava errado. Os primeiros clientes começaram a aparecer e ele teve de pensar rapidinho em como agir.

– Tenho uma estratégia: primeiro, pego todos os dados do falecido. Chego com discrição e nem me aproximo dos parentes próximos, que estão abalados. Aos poucos, vou entrando nas rodinhas, contando casos, mostrando que o morto não queria tristeza.

O problema é quando a família descobre sua presença.

– Aí, invariavelmente, sou expulso. Mas duro mesmo é quando pedem para que passe a noite toda no velório. Gosto de ficar no máximo quatro horas. Por motivos óbvios, o único velório em que passarei a noite toda será o meu.

49

CAIXÃO MOBÍLIA

O norte-americano é chegado em atitudes bizarras. São comuns as corridas de sapos, as coleções caseiras de iguanas, lagartos, insetos e outras excentricidades. Há alguns anos foi detectado um outro tipo de bizarrice: usar caixões funerários como móveis. Em algumas casas eles são usados como prateleiras para livros ou CDs, mesa baixa para servir café ou até mesmo cama. Para Mark J. Zeabin, presidente da Casket Furniture, fabricante de caixões, a explicação é plenamente plausível:

"Um bom caixão custa caro. Então, por que usá-lo uma única vez? Ainda mais levando-se em conta que o cliente nem vai vê-lo? Assim, ele pode escolher o tipo, a madeira, as cores, a decoração, enfim, personalizar o seu caixão. E curti-lo até o dia de usá-lo pela última vez".

Existem empresas que vendem o caixão desmontado acompanhado de um manual, o *Do it yourself coffins* (Faça você mesmo o seu caixão).

Outro empresário, Bill Hale, criou caixões que servem para guardar rifles:

"É uma forma de tirar melhor proveito de um dinheiro empregado e, literalmente, enterrado".

E o mercado vai se sofisticando: agora, já existem caixões para animais que também são usados para vários fins antes da despedida final.

Até 1966, somente as funerárias podiam vender caixões nos Estados Unidos. Com a mudança na lei, qualquer estabelecimento pode fabricar e vender. Daí, haja imaginação para enfrentar o mercado.

50

CONFUSÃO NO VELÓRIO

Eram dois pescadores gêmeos: um casado e o outro solteiro. O solteiro tinha uma lancha de pesca já velha. Um belo dia, a mulher do casado morre. E, como desgraça nunca vem só, a lancha do irmão solteiro afunda no mesmo dia.

Uma senhora, dessas velhotas curiosas e fofoqueiras, soube da morte da mulher e resolve dar os pêsames ao viúvo, mas confunde os irmãos e acaba por se dirigir ao irmão que perdeu a lancha:

– Eu só soube agora. Que perda enorme. Deve ser terrível para o senhor.

O solteiro gostava muito de sua lancha, mas uma lancha é apenas uma lancha.

– Pois é. Eu estou arrasado. Mas é preciso ser forte e enfrentar a realidade. De qualquer modo, ela já estava muito velha. Tinha o traseiro todo arrebentado, fedia a peixe e vazava água como nunca vi. É verdade que ela tinha uma grande racha na frente e um buraco atrás que, cada vez que eu usava, ficava maior. Mas eu acho que o que ela não aguentou foi que eu a emprestava a amigos que se divertiam com ela. Eu sempre dizia para eles irem com calma, mas dessa vez foram quatro juntos e isso foi demais para ela...

A velhinha fofoqueira desmaiou!

51

TURISMO DO DEFUNTO

O mexicano Roberto Castañeda, de 68 anos, vivia na Califórnia, Estados Unidos, e, segundo seus parentes, nunca pensou em fazer grandes viagens de turismo, muito menos conhecer a Grécia. Mas foi o que aconteceu com ele: foi parar na Grécia – depois de morto.

Ao ser informada da morte de Castañeda, sua família levantou oito mil dólares para que o corpo do patriarca fosse enviado à cidade de Anatzingan, no estado mexicano de Michoacán. Mas, ao receber o caixão, a família ficou chocada ao se deparar com o corpo de um americano de origem africana com um charuto e uma foto de um arranha-céu, segundo o jornal *Mercury News*.

"Minha irmã nos telefonou imediatamente", declarou ao jornal Belén Castañeda, uma das filhas do mexicano. Ela estava em choque. Disse que não era nosso pai. Nós não conseguíamos acreditar no que estava acontecendo.

Autoridades da Delta Air Lines telefonaram para a família informando que o corpo de Castañeda tinha ido para a Grécia. O porta-voz da Delta disse que a companhia já estava providenciando a volta do morto-turista e não quis identificar o corpo que foi levado para o México em seu lugar.

52

ENTERRO NA NEUTRA SUÍÇA

Muçulmanos e judeus não se entendem nem mesmo depois de mortos. Em Genebra, na neutra Suíça, segundo informações da Rádio do Vaticano, depois de muitos anos, judeus e muçulmanos estão conseguindo espaço na cidade para enterrar seus mortos. Até então, os enterros eram feitos na França.

A prefeitura de Genebra decidiu criar espaços diferenciados dentro do cemitério para judeus e muçulmanos, com a devida distância para que não possam acontecer percalços entre vivos e mortos.

Os túmulos muçulmanos serão dispostos em direção a Meca, para satisfazer os preceitos religiosos islâmicos.

Quanto aos judeus, a coisa é um pouco mais complicada, pois o limite de 99 anos para o aluguel do espaço dos jazigos fere os princípios religiosos. De acordo com a religião judaica, os jazigos não podem ser substituídos nem destruídos até a chegada do Messias.

Cerca de trinta mil muçulmanos e oito mil judeus moram no cantão de Genebra.

53

O EXCÊNTRICO FUNERAL JAPONÊS

O funeral japonês é envolto em uma rígida cerimônia.

Quando uma pessoa morre, limpa-se o seu corpo e penteia-se o seu cabelo. No homem, faz-se a barba; na mulher, leve maquiagem. Veste-se o quimono, que deve ser cruzado da maneira contrária à habitual. Não se deve enganar, porque dá azar.

É feito um altar em casa.

Ao receber a notícia da morte, os amigos e familiares queimam e oferecem incenso, depois de o bonzo recitar o sutra, que é uma oração para acalmar a alma do morto. Em seguida, a família do morto serve comida simples aos presentes. A comida deve ser feita fora de casa. Nessa noite, alguém deve fazer companhia ao morto e cuidar para que haja sempre uma vela acesa.

No dia seguinte é feita a cerimônia fúnebre.

Os convidados vão até a casa do morto, dão as condolências e oferecem dinheiro num envelope. Entram na sala onde estão o corpo e o altar e ouvem o bonzo recitar o sutra por trinta minutos. Os convidados mais próximos colocam e pregam a tampa do caixão.

Depois, levam o corpo para o carro funerário (se você vir um carro funerário, esconda os polegares nas mãos para evitar a morte dos pais, diz a tradição japonesa).

Em frente ao forno crematório, o bonzo recita o último sutra, queima e oferece incenso aos presentes. É necessária uma hora para cremar perfeitamente o corpo. Depois, uma pessoa vai tirando os restos (cinzas e ossos) com pauzinhos e passam-nos a outra pessoa, que os recebe com pauzinhos e deposita-os numa caixinha especial. É proibido tocar nos ossos diretamente com as mãos, por isso o uso dos pauzinhos.

Quase todas as pessoas voltam para casa com uma caixinha. Antes de entrar em casa, atiram um punhado de sal no próprio corpo para afastar as más almas do mundo das trevas. Em seguida, colocam a caixinha em frente ao altar, acendem vela, queimam incenso e ouvem o bonzo recitar o sutra.

Então fazem um grande jantar (ou almoço), bebem e falam sobre o morto. Procuram sempre se referir a ele de forma positiva, pois entendem que isso é mandar felicidades para o morto no outro mundo.

54

MORTO NÃO, VIVO E BÊBADO

A família e os amigos do equatoriano Edison Vicuña rezavam, choravam e velavam o corpo do falecido. De repente, aparece na porta do velório, na cidade andina de Cuenca, em pé, mas cambaleando de tanto álcool, o próprio Edison Vicuña. Foi o bastante para estabelecer o pânico e a correria. O bêbado, coitado, não entendia nada. Mas logo se desfez o equívoco.

Os familiares descobriram que estavam velando o corpo de um desconhecido, encontrado no necrotério da cidade e que foi confundido com Vicuña, que estava desaparecido há cinco dias – com toda certeza, cinco dias de porre.

"Lamentavelmente o cadáver teve o seu corpo desfigurado por um acidente de trânsito, mas a descrição parecia com o Vicuña", disse Jorge Matute, auxiliar de necropsia.

O corpo do defunto foi devolvido imediatamente e o velório desfeito. Vicuña foi levado para casa onde propôs um brinde pelo fato de estar vivo.

55

O CIGARRINHO

Naquele tempo, a cidade de Pedro Leopoldo, que fica a uns 40 quilômetros de Belo Horizonte, não tinha zona boêmia. E Aníbal sentia uma falta muito grande desse tipo de diversão. Mulherengo e chegado numa bebida, quando recebia seu pagamento ele se mandava para Belo Horizonte e, praticamente, se internava na zona. Enquanto houvesse dinheiro ele ia ficando. Era uma festa que não acabava mais: mulher e bebida, bebida e mulher. Aliás, acabava sim: coincidentemente com o fim do dinheiro.

Quando isso acontecia, o pai dele era avisado e ia procurá-lo, fatalmente encontrando o festeiro Aníbal caído em alguma esquina da famosa zona boêmia de Belo Horizonte.

Um dia chegou a notícia de que Aníbal havia morrido. Do jeito que ele foi encontrado, levaram para a casa e o colocaram na cama, esperando que chegasse alguém para arrumar o corpo. Lá estava ele, com a roupa toda amarrotada e o cigarrinho atrás da orelha. Era marca registrada dele: sempre com um cigarro preso na orelha.

A notícia se espalhou e mesmo antes de chegar o caixão a casa já estava cheia, velas foram acesas e rezas já eram cantadas.

De repente, Aníbal levanta da cama olha aquele povo todo sem entender nada, coça a cabeça, passa a mão atrás da orelha, tira o cigarrinho e o acende numa das velas.

Pernas pra que te quero! Foi uma correria doida e o Aníbal ali sem entender nada, fumando seu cigarrinho.

Provavelmente, havia sido vítima de algum coma alcoólico.

56

A LOURA DO BONFIM

O cemitério Nosso Senhor do Bonfim nasceu antes mesmo que a Capital, Belo Horizonte, inaugurada em 12 de dezembro de 1897. O cemitério, segundo o Instituto Estadual do Patrimônio Histórico e Artístico de Minas Gerais, foi inaugurado poucos meses antes.

Como era comum naquela época, o cemitério foi criado em local bem afastado do centro da cidade. Seu desenho obedeceu à geometria da cidade: foi dividido em ruas perpendiculares formando quarteirões.

Os primeiros quarteirões, colocados junto aos portões monumentais da entrada, foram destinados às famílias mais importantes – ou por força política, de descendência ou simplesmente pela força do dinheiro. Ali podem ser vistos túmulos realmente espetaculares, verdadeiras obras de arte.

Até metade dos anos 1950, um bonde saía do centro da cidade e tinha o seu ponto final na praça bem em frente à entrada do cemitério – era o bonde Bonfim.

Foi nessa época que a Loura do Bonfim apareceu.

A lenda urbana ganhou tanta força que até foi citada por Carlos Drummond de Andrade em um de seus poemas.

São várias as versões.

Numa delas, a loura pegava um táxi na cidade e pedia para ser levada para casa. Parava em frente ao portão do cemitério e o motorista ficava louco ou morria ao constatar que ali era a casa dela.

Noutra, ela aparecia para os passageiros do último bonde Bonfim que chegava ao cemitério por volta da meia-noite. Aqui se chegou a cogitar que a loura seria o motorneiro ou um cobrador que se fantasiava para assustar os últimos passageiros.

Há ainda a história, repetida muitas vezes, que a loura ficava ali em torno do cemitério e, ao ver aproximar-se um homem, passava-lhe uma cantada: "Ei, bonitão, venha comigo, eu estou sozinha...".

Segundo essa versão, a loura seria uma moça que foi abandonada no altar pelo noivo. Desesperada, entrou em depressão, parou de se alimentar e morreu. Morreu, foi enterrada no Bonfim, mas não perdeu a esperança de encontrar o seu amado. Daí, a abordagem a qualquer um que ela julgue tão bonitão quanto o amado fugitivo.

Nessa década de1950, o mecânico José Maria Mattos, que morreu em 2002, aos 72 anos de idade, construiu um boneco de 1,70 metro de altura para assustar os boêmios que passavam pela sua rua, no bairro Bonfim. Possivelmente, essa loura deve ter sido vista mesmo por muitos bêbados nas cercanias do cemitério.

Até 2008 o boneco ainda existia e estava com Sérgio Gonçalves Ferreira, morador do bairro Santo André, na capital mineira, então com 47 anos, que lutava para conseguir que uma faculdade adotasse a loura e fizesse a necessária restauração no manequim para preservar a história.

O poema de Drummond teve como título *Canção da Moça-Fantasma de Belo Horizonte* e versejava, na sua primeira estrofe:

Eu sou a Moça-Fantasma
que espera na Rua do Chumbo
o carro da madrugada.
Eu sou branca e longa e fria,
a minha carne é um suspiro
na madrugada da serra.
Eu sou a Moça-Fantasma.
O meu nome era Maria,
Maria-Que-Morreu-Antes.

Esta obra foi composta por Eveline Albuquerque
em Palatino e impressa em papel off-set 75g/m²
pela Bartira Gráfica e Editora para a Sá Editora
em julho de 2010.